KB263446

숨겨진 우리소설 총서 4

왕능젼

숨겨진 우리소설 총서 4

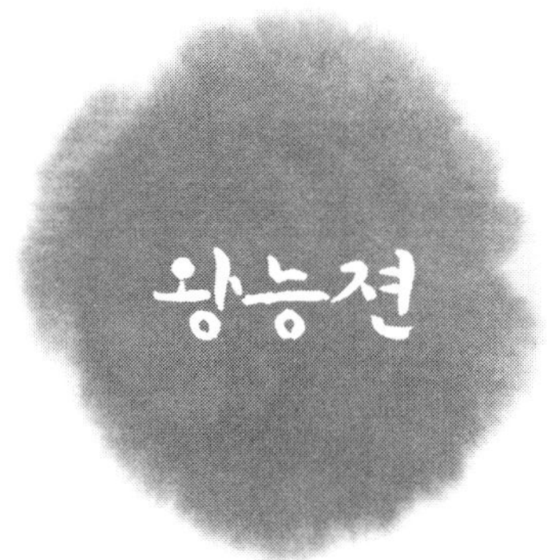

왕능젼

註解 노영근

도서
출판 박이정

현재 전하고 있는 고전소설이 858종에 달한다고 한다. 이 중 연구자의 시야에 들어온 작품은 몇 종이나 될까? 반이나 될까? 필사본과 목판본으로 전하고 있는 작품이 아닌 필사본으로만 전하고 있는 작품의 경우에는 그 수가 더 줄어들 것이다. 아마 많은 수의 필사본이 낙질 혹은 낙장되어 전하고 있다는 점과, 필사 상태에 따라 읽기 어려운 부분이 많은 점, 그리고 읽는 사람에 따라서 다르게 읽힐 여지가 다분한 점 등이 이러한 성황을 만들어낸 것이 아닐까 생각한다.

이러한 정황을 타개하기 위해 우선 해야 할 것이 무엇일까? 우리는 그것이 작품의 진면목을 소개하는 것이라고 생각한다. 그리고 그 작업을 홀로 하기보다는 여럿이 한데 힘을 합쳐서 할 때 더 이상적인 결과를 낳을 수 있을 것이다. 오독誤讀과 그에서 기인한 오해誤解를 최대한 방지할 수 있기 때문이다.

이번에 기획한 「숨겨진 우리 소설 총서」는 이러한 문제의식에서 출발하였다. 연구가 진행되지 않은 작품을 선정하여, 작품을 함께 읽고 토의하는 과정은 전적으로 이야기문학연구회의 정례모임을 통해 이뤄졌다. 따라서 각 책의 주해자는 모두의 노력을 모으는 집합자의 성격이 더 강하다고 하겠다.

　이야기문학연구회는 국민대학교에서 인연을 맺은 고전문학 전공자들의 모임으로 조희웅 선생님을 중심으로 꾸려졌다. 이 모임을 통해 지금까지 수십여 편의 작품을 검토하였다. 선생님의 정년을 맞아서 이 중 우선 다섯 편을 간추려서 중간 성과로 내놓는다. 앞으로도 이 시리즈는 계속 될 것이다. 선생님과 이야기문학연구회의 인연이 그러하듯이.

2010. 2.
이야기문학연구회

본 총서는 다음을 원칙으로 하여 작업하였다.

1. 저본에 기록된 대로 입력하는 것을 원칙으로 하였다.
2. 저본의 쪽별로 구분하여 입력하였고, 쪽번호는 '1쪽'부터 시작하였다.
3. 쪽 구분은 빈 줄로 처리하였다.
4. 읽기 어려운 글자나 기타 사정으로 확인이 불가능한 글자의 경우 추측가능한 글자 수만큼 '□' 처리하였다.
5. 추측이 전혀 불가능한 경우나, 망실된 부분은 '□' 사이에 말줄임표로 표시하였다.
6. 오자(誤字)나 탈자(脫字), 오기(誤記)가 분명한 경우, 각주에 정자(正字) 표기를 밝혀 주었다.
7. 이해가 필요하다고 판단된 단어는 뜻풀이를 각주로 처리하였다.
8. 쉬운 단어의 경우 뜻풀 없이 정자 표기만을 각주로 처리하였다.
9. 한자어의 경우 7.과 8.을 따르되 한자를 각주에 밝히었다.
10. 기타 설명이 필요하다고 판단될 경우 각주로 처리하였다.
11. '각설, 차설' 등으로 내용이 바뀔 경우에만 문단구분을 하였다.

12. 대사 부분은 " " 표시하여 별행 처리하였다.

13. 대사 부분과 8.의 경우를 제외하고 문단구분은 하지 않았다.

14. 대사 다음에 나오는 '하고' 등의 이어지는 말은 들여쓰기를 하지 않았다.

15. 대사 다음에 문장이 시작될 경우는 들여쓰기를 하였다.

설화와 소설의 거리
-『왕능전』의 경우 -

1. 서 론

　설화와 소설은 분명 다른 장르이면서 동시에 같은 장르이다. 즉, 설화와 소설은 서로 서사문학 또는 이야기 문학이라는 공통적인 영역에 존재하지만, 동시에 각각 구술성과 문자성이라는 상이한 바탕을 갖고 있다. 문자는 구술을 보조한다는 애초의 성격에서 벗어나 점차 구술과는 다른 논리체계를 생산해 냄으로써, 독자적인 영역을 확보하게 된 것이다. 문자가 창조해 낸 세계는 이전의 세계와는 다른 질서로 이뤄져 있으며, 다른 지향점을 갖고 있다. 구술과 동일한 위상을 확보하며 발전한 문자는 이후 구술을 지배하는 정도까지 발전하고 있다. 현전하는 구술서사물이 일정 부분 문자에 기반하고 있음은 부정할 수 없을 것이다. 즉 구술이 구축하는 세계가 문자의 그것과 다르지 않은 것이다. 전통사회라 일컬어지는 조선조를 비롯하여 현대에 이르기까지 구술물을 지배하고 있는 사상체계는 그 사회의 지배관념에 부합하는 것이었다. 이는 문자에 의해 확대 재생산되는 과정을 거쳐 우리에게 내면화한 것이다. 새롭게 구축되는 세계인 가상세계 역시 문자에 기반하고 있다. 이를 '문자를 동원한 구술세계'라 할 수 있을 것이다. 현상적으로는 양자가 상호 지양된 양상을 보여주고 있으나, 철저히 문자로 소통한다는 점에서 문자기반세계의 극단적 형태라 하겠다.

　구술성과 문자성이라는 상이한 바탕은 점차 구술이 문자의 자장에 들어가게 되면서 일정 부분 동질성을 확보하게 된다. 이러한 동질성을 기반으로 하여 양자 간의 상호간섭이라 할 현상이 가능해지게 된 것이다. 즉 소설과 설화와의 상호 관련이라는 새로운 지양이 이뤄진 것이다.

우리가 소설의 형성에 설화가 절대적인 영향을 끼쳤다는 점을 인정하는
동시에 소설이 다시 설화화 되는 현상도 인정하고 있다. 일견 모순되는 이
러한 현상이 벌어지게 된 것은 바로 구술과 문자가 형성한 영향관계에 기반
하고 있는 것이다. 이러한 현상의 일례를 우리는「손없는 색시」설화와「연
당전」의 관계에서 확인한 바 있다.[1] 이는 설화와 소설이 형성하는 관계
중 설화가 그대로 소설화한 경우에 해당한다. 설화가 소설에 부분적으로
개입하는 경우에 대해서는 근원설화 또는 배경설화에 관한 여러 논의들이
있어왔다. 그러나 전체 서사에서 차지하는 의미를 밝히기 보다는 단순한
상동성에 주목하는 것들이 대부분이었다. 한편 또는 한 유형의 설화가 소설
에 차용될 때는 일정 정도의 의미변화가 수반됨은 당연한 일일 것이다. 그
러나 이에 대해 정밀하게 고찰한 논의는 아직 나오지 않은 듯 하다. 이는
여러가지 원인이 있겠으나, 두 가지가 커다란 역할을 했을 것으로 생각한
다. 하나는 설화 연구자의 시야가 소설까지 넓혀지지 않은 점과 다른 하나
는 소설 연구가 특정 작품에 집중되어 있다는 점이 그것이다. 전자에 비해
후자는 텍스트의 숫자와 관련되는 것으로 전자와는 다른 대안이 요구된다.
즉, 새로운 고전작품의 발굴이 그것이다. 현재 858종으로 추산되는 작품
중 작품론에 해당하는 논의가 이뤄지지 않은 작품이 다수라는 점은 소설연
구의 편중성을 보여주는 것이라 하겠다.

본고가「왕능전」에 주목하는 것은 바로 이러한 이유에서이다. 첫째, 아

---

1) 김광순,「『순금전』의 형성배경과 구조적 특징」, 〈고소설연구〉 6, 고소설연구회,
   1998.
   조희웅,「손없는 색시(AT107)考」,『수여 성기열박사 환갑기념 논총』, 인하대출
   판부, 1989.
   조희웅,「구비설화, 문헌설화, 고전소설의 관계」,『임석재 선생의 학문의 조명』,
   비교민속학회, 2000.
   주종연,『한독민담 비교연구』, 집문당, 1999.
   이윤경,「「손없는 색시」설화의 소설화와 그 의미」, 〈돈암어문학〉 14, 돈암어문
   학회, 2001.

직 논의가 초보적인 단계에 머물러 있으며,[2] 둘째, 설화가 소설에 부분적으로 개입하고 있는 현상이 뚜렷하고, 셋째, 그 개입이 새로운 양상을 보여주고 있기 때문이다. 따라서 본고는 작품론적인 논의와 설화의 개입양상 논의를 진행하려 한다. 이는 설화와 소설이 맺고 있는 관계를 확인함과 동시에 소설 텍스트의 확대를 기대할 수 있는 의미를 갖고 있다고 생각한다.

2. 「왕능전」 자료 개관

「왕능전」은 현재 박순호 소장본이 유일하며, 월촌문헌연구소가 편찬한 『(한글)필사본 고소설 자료총서』 제 37권에 영인, 수록되어 있다. 매 쪽 12행 내외이고, 매 행 23자 내외로 구성되어 있으며 전체 132쪽 분량이다. 서두와 결말이 훼손되어 있으나 현전하는 내용으로 미루어서 추정이 가능하다. 본문에 인물의 발화를 통해 요약제시된 내용을 바탕으로 서두의 내용을 추정하면 다음과 같다.

왕공과 소씨 부인이 있었는데, 왕공이 조걸의 참소로 아롱도에 적거된다. 이때 소씨는 아이를 잉태하고 있었으나, 왕공과 소씨는 이 사실을 모른 채 이별하게 된다. 소씨가 홀로 지내던 어느날 구의산 백학사의 노승이 찾아와 시주를 권한다.

결말 부분은 마지막 장의 약 1/3 정도가 훼손되어 이후 부분이 낙장된 채 전하고 있어 자세한 내용은 알 수 없다. 다만, 이후의 이야기는 일반적인 고전소설의 결말부를 토대로 하여 '연왕이 결혼하고 자손이 번창하였다'는 내용이 이어질 것으로 추정할 수 있다.

---

2) 현재까지 진행된 논의는 김재웅(「〈왕능전〉의 영웅소설적 성격과 의미」, 〈어문학〉 89집, 한국어문학회, 2005.)의 것이 유일하다.

또한 작품 말미에 '尙州郡 化束面 陽地'라는 기록이 보인다. 이는 작품의 필사지이거나, 책 소유자의 주소지로 생각할 수 있겠다. 전자로 이해하는 것은 방각본 말미에 나타나는 지명이 간행지를 의미하는 것과 같은 원리를 적용한 것이다. 그러나 방각본과는 달리 필사본에는 말미 부분에 책주인과 관련된 내용, 필사력과 필사자의 첨언 등이 일반적으로 등장화고 있다.[3] 따라서 필사지로 보는 것보다는 책 소유자의 주소로 이해하는 것이 더 타당할 것이다. 이에 대해 김재웅은 책 소유자가 아닌 창작지로 보고 현지답사를 통해 화동면 양지에서 언문을 유일하게 쓸 수 있는 것은 선비집이었다는 사실을 밝혔다. 그리고 이를 토대로 「왕능전」은 양지리에 있던 선비집에서 창작되었다고 추정하였다.[4] 그러나 이 작품이 반드시 그 곳에서 창작되었다고 보기는 어려울 것이다. 또한 경상북도가 필사본의 향유지이기에 창작지도 그렇다[5]고 하는 것은 논리적인 비약이라고 보인다. 경상북도가 필사본의 향유지라고 할 수 있는 것은 단지 그 지역에서 필사본이 많이 발굴되었다는 것이지, 그 지역에서만 필사본이 유통되었다는 의미는 아니기 때문이다. 따라서 책 말미에 기록되어 있는 내용은 책 소유자의 주소로 보는 것이 타당할 것이다. 또한 고전소설이 낭독으로 향유되었다는 사실을 상기하면, 마을에서 유일하게 언문을 읽을 수 있는 존재가 마을의 '선비'였기에

---

3) 아래와 같은 경우가 필사력과 필사자의 첨언이 나타나는 좋은 예가 될 것이다.
　　님진 이월 쵸 오닐의 시죽ᄒᆞ여 이십
　　일의 다 써쓰되 오즈 낙셔되고 글시도 아
　　니되여 붓스럽노라 그딕로 눌너 보시ᄋᆞᆸ소셔(「임경업전」, 월촌문헌연구소 편,
　　『한글필사본고소설자료총서』 41, 오성사, 1986, 90쪽.)

　　江原道三陟郡於達面西下里七七番地
　　己巳三月初一日騰書終
　　昭和四年陰三月初一日謄書終
　　田中宅家
　　江原道三陟郡於達面西下里(「임진록」, 위의 책, 172쪽.)
4) 김재웅, 앞의 논문, 133－134쪽.
5) 김재웅, 위의 논문, 133쪽.

당연히 책 소유주도 '선비'였을 것이라는 추정도 가능하다.

「왕능전」은 사건 전개에 따라 일자를 제시하는 편년체 서술방식이 부분적으로 사용되고 있다. 모두 여섯번 편년체 방식이 나타나는데, 작품에 제시된 년월과 전후 사건은 다음과 같다.

① 왕상서가 아롱도에서 선관의 도움을 받아 목숨을 부지하고, 환복하여 빠져나온 후 백운산으로 숨는다. <u>잇씌는 삼월 망간이라.(11쪽)</u> 왕상서가 백운산에서 천세옹에게 의탁하고 지내다.

② 소씨는 피난하고, 구의산 도사가 보낸 구미호가 소씨로 변하여 조걸을 속이다. <u>잇씌는 병닌년 삼월 망간이라.(27쪽)</u> 구미호가 작변하여 조걸의 본처 유씨가 누명을 쓰고 쫓겨나다.

③ 소씨가 구의산에서 머물고 있다. <u>잇씌난 병닌 사월리라.(39쪽)</u> 왕능이 태어나다.

④ 조학이 반란을 일으켜 국호를 완이라고 바꾸다. 태자는 어전사령 백수문의 계책으로 목숨을 부지하고 환자 육기 등과 서천으로 가던 중 명나라 충신들을 만나다. <u>잇씌난 게유 삼월이라(65쪽)</u> 왕능의 나이 8세가 되다.

⑤ 13세가 된 왕능이 아버지를 만나 돌아오다. <u>잇씌난 무닌년 츄구월리라(85쪽)</u> 왕능이 출전하다.

⑥ 왕능이 무구를 얻고, 서속에 이브러 천사를 만나 내원수가 되다. <u>잇딕는 게유 이월리라(93쪽)</u> 왕능이 군사를 이끌고 출정하다.

위에서 보이는 바와 같이 제시된 연월은 앞 사건이 아닌 뒷 사건에 관한 것이다. 따라서 서사 진행이 년월이 제시되는 부분 바로 앞에서 이전 사건의 진행이 끝나고, 이 부분을 기준으로하여 다음 사건이 진행되고 있다. 이러한 문맥으로 보면, 일견 편년체 기술을 하고 있는 듯한 부분은 실상은 사건과 사건을 이어주기 위한 연결고리 역할을 하고 있음을 알 수 있다.[6]

---

6) 이러한 측면에서 '시간의 경과를 알려주는 간지'를 통해 창작년대가 '1866년에서 1921년 사이에 창작되었을 것'이라고 한 김재웅의 추정(김재웅, 앞의 논문, 134쪽)은 재고를 요한다고 하겠다.

3. 「왕능전」과 설화와의 관련

1) 구룡담 救龍談

우리 서사문학에서 용은 세 개의 모습으로 드러난다. 신성한 존재로서의 용, 악독한 존재로서의 용, 그리고 연약한 신격으로서의 용이 그것이다. 이들은 각각 분별되어 전승되기도 하고, 세 속성이 공존하기도 한다. 헌데, 신성불가침한 존재로서의 용은 서사에 그리 많이 등장하지 않는다. 용이 신성한 것은 당연한 일이기에 서사로서의 요건을 충족시키지 못하기 때문일 것이다. 용이 완전한 능력을 구비하지 못하고, 미완의 존재일 때, 연약한 모습을 보이거나 악한 존재로 돌변하기도 한다. 승천하지 못한 용의 이야기가 그러하다. 천년 동안 수도하여 드디어 승천하게 되었으나 인간이 내뱉은 '용이 승천한다'는 한 마디 말로 인하여 용은 승천하지 못하고 만다. 그 결과 슬픔에 잠겨 지내거나, '깡철이'가 되어 인간에게 재앙을 내리는 존재가 되어버리는 것이다. 이러한 용과 달리 애초부터 연약한 용이 존재한다. 이들은 다른 용과의 경쟁에서 수세에 몰려있거나, 목숨이 위태로운 지경에 처해 있다. 가장 먼저 보이는 기록은 『삼국유사』 제2 기이紀異편 '진성여왕과 거타지眞聖女大王 居陁知' 條에 실려있는 거타지의 이야기이다.

이에 대해서는 지금까지 여러번 논의[7]가 있어왔다. 거타지 이야기에서

---

7) 金文泰, 『三國遺事』 所載 '龍' 傳承 硏究 : 敍述構造와 變貌樣相을 중심으로, 成均館大 大學院, 1991.
　　김열규, 용녀전승과 재생주지, 國文學論集, 4, 檀國大學校 國語國文學科, 1970.
　　신동익, 거타지 설화 소고:용구출담의 비교를 중심으로, 陸士論文集, 26, 陸軍士官學校, 1984.
　　申蓮雨, 「三國遺事」 居陁知 說話의 神話的 屬性, 論文集, 48, 서울産業大學校, 1998.
　　尹俊弼, 地下國大賊退治說話의 變形樣相 硏究 : 說話와 小說을 중심으로, 全北大 敎育大學院, 1993.
　　이상훈, 결연몽의 무교성 연구 : 삼국유사를 중심으로, 東亞大 敎育大學院, 1979.
　　李載杰, 韓國說話와 道仙思想, 세종대 대학원, 1984.

문제는 매일 해뜰무렵이면 하늘에서 내려와 다라니경을 외워서 용의 가속을 잡아먹는 사미승이다.[8] 이를 해결하는 방안은 활 잘 쏘는 이가 활로 제거하는 것이다. 주인공은 이 문제를 해결해주고 그에대한 답례로 용왕의 딸과 결혼하게 된다.[9] 즉, 서해용왕과 사미승(여우)의 대립에서 처음에는 사미승이 절대적으로 승리한다. 그러나 거타지가 이에 개입함으로써 사미승(여우)은 패배하고 서해용왕이 구명을 당하여 종국에는 승리하게 된다. 즉 거타지는 양자의 대결에서 선한 편에서 중재하는 중재자의 모습을 보여준다.

이러한 거타지의 모습은 작제건 이야기에 그대로 재생되고 있다. 기왕의 연구들에서 작제건 이야기는 첫째, 삼국유사 〈거타지〉조 구조를 근간으로 용녀교혼설화, 금기설화 등을 첨가시키고 〈동명신화〉에서 유리왕의 행동 궤적을 반영한 것으로 둘째, 신성성을 보증하는 상징물로 용을 적극적으로 차용한 것으로 셋째, 이미 정치적으로 위기가 고조된 고려 왕실에 용손(龍.孫)으로서의 신성과 위엄을 재확인시켜 주기 위한 이야기로 설명되었다.[10] 작제건 이야기에서 문제는 서해용왕의 머리를 아프게 하는 부처로 가장한 늙은 여우이다. 이를 활로 쏘아 제거하는 것이다. 작제건은 이 문제를 해결하여 그 보답으로 자손이 3대가 지나서 동쪽 왕이 된다는 예언을 얻는다. 그리고 자신의 원으로 용녀와 결혼을 한다.

두 이야기는 모두 신화적인 것으로서 동일한 양상을 보여주고 있다. 다만, 주인공의 행위에 대한 보답이 결혼에서 왕권으로 변화되어 있다. 이는 고려 건국신화로 차용되면서 생긴 변이일 것이고, 이를 보완하기 위해 작제

---

8) 我是西海若. 每一沙彌, 日出之時, 從天而降. 言甬陁羅尼. 三繞此池. 我之夫婦子孫皆浮水上. 沙彌取吾子孫肝腸. 食之盡矣. 唯存吾夫婦與一女爾.

9) 沙彌果來. 言甬呪如前. 欲取老龍肝. 時居陁射之, 中沙彌, 卽變老狐. 墜地而斃. 於是老人出而謝曰. 受公之賜. 全我性命. 請以女子妻之.

10) 하은하, 〈작제건 이야기〉의 감상을 통한 자기서사 드러내기, 〈문학치료연구〉, 제1집, 한국문학치료학회, 2004, 100쪽.

건은 스스로 용녀와 결혼하길 원하고 있다. 결말만 다를 뿐 두 이야기는 거의 일치한다고 하겠다.

이러한 이야기는 민담에도 그대로 수용되어 있다. 대표적인 예가 〈청룡 황룡의 싸움〉(한국구비문학대계 7-9, 예안면 설화 19, 838~839쪽.)이다.

어떤 거 행인이 그 안개는 자옥한데. 산내골 용천에 내려 가다이께네, 어예 돼 고만[큰 소리로 빠르게]청룡 황룡이 고마 구비를 치는데 그 용초에 마구 물이 뒤끓고 머 청룡이 내려갔다, 황룡이 내려갔다 작단을 쳐 올려. [본래 소리로] 안개는 찌고 머 가랑비는 오고, 이 노인이 짝지(지팡이)를 집고 저 저 구경을 하다이께네, 어떤 새파란 신부녀가 딱 나오디,

"저ㅡ, 참말 어른, 날 원조를 좀 해 달라"고.

"뭐 원조를 해 달라 그노."

"어예든간에(어쨌든지) 시방 내가 드가가주고 싸움을 할 챔이(테니)황룡이 우로 올라오거덜랑[큰 소리로] 황룡이 진다꼬 소리를 막 백력같이 어예 몇 마디 질러주만.[본래 소리로] 그 게 이긴 후에는 평상 내가 그 보답을 하겠다"고.

"그게 머 어래우냐(어려우냐)?"

그래 말이래. 그 신부녀가 그게 말하자면 첩이라꼬. 드가 싸움을 드리하는데 고만 황룡이 우로 올라 올 저(적에), 황룡이 진다꼬 소리를 지르이께네, 차마 뇌성벽력을 하디, 고마 그 앞을 탁! 차고 나가는데, 그 그,

신내골 용초에 터진 방구가 저 아래 영덕에 꺼짐.

그 그 세배를 그 직통 있는 근 데(그런 데) 가면, 방구 구부러진 자리가 안 죽도(아직도) 있구마는.

그래가주고설랑 황룡이 져가주고 희떡 자빠졌는데. 그래 청룡이 고마이거가주고설랑, 그 또 사람으로 화해가지고 백배치사를 하고,

"그래 그 은혜를 어디까지 갚어 주겠다."

고. 가가지고, 그 후손들이 그 잘됐다는 그런 이얘기가 있어요.

이 이야기에서 싸움의 원인은 나타나 있지 않다. 그러나 청룡과 황룡이 싸우는데, 그 싸움이 결판이 나질 않고 있다. 이때 이 광경을 목격한 행인에게 청룡이 자신의 원조를 부탁하고, 그 부탁을 이행한 행인에 의해 대결은

끝이난다. 그리고 그 보답으로 행인은 후손이 잘됐다. 이때 사건을 해결하는 방법은 소리를 지르는 것이다. 인간의 언어가 용의 힘을 제한하는 권능으로 작용한다는 관념인 것이다. 이는 승천하지 못한 용 이야기에도 등장하는 화소이다. 이처럼 작제건이나 거타지 이야기와는 일견 다른 모습이나 기본적인 구조는 동일하다. 즉, '두 신적 존재의 대결 - 인간의 중재 - 일방의 승리'라는 서사구조의 동일성을 보여주고 있다. 이때 중재하는 인간은 주민이 아닌 과객過客이다. 지나가는 길손이 둘의 싸움을 중재하는 것이다. 새로운 세력의 개입을 상징한다고 하겠다. 또한 도움의 보답은 후손이 잘되는 것이라고 하여, 작제건 이야기와 통하고 있다.

　이러한 구비서사물은 그 자체로 전승되기도 하는 한편, 기록서사물에도 영향을 준다. 그 단적인 예를 「왕능전」에서 찾을 수 있다. 왕능이 출정하여 갑옷을 얻는 장면에서 구룡담의 전통이 개입되어 있음을 확인할 수 있는 것이다. 이 삽화의 서사전개는 다음과 같다.

1. 왕능은 아버지를 찾은 후 국가를 위하여 출전을 한다.
2. 태자가 있는 서측으로 향하던 중 무림산에 이르러 두 장수의 싸움을 목격한다.
3. 그날 밤 울지덕이라는 장수가 와서 싸움을 도와달라고 청한다.
4. 다음날 울지덕을 도와 동철을 물리친다.
5. 바위 밑에 있는 순금갑주를 얻는다.

　위 삽화를 구룡담의 서사구조와 비교하면 동일한 양상을 발견할 수 있다. 즉

두 신격의 대결 - 울지덕과 동철의 대결
승부가 나지 않음 - 승부가 나지 않음

행인의 개입 - 왕능의 개입
악한 퇴치 - 동철 퇴치

따라서 왕능이 갑옷을 얻는 삽화는 구룡담의 구조를 그대로 수용하고 있음을 알 수 있다. 이를 통해 왕능이 갖고 있는 영웅으로서의 자질을 확인시키는 효과를 거두고 있다. 또한 이후에 벌어지는 동철과의 대결에서의 승리를 예고하는 복선으로서의 기능도 함께 하고 있다고 하겠다.

2) 진가논쟁담眞假論爭談

「왕능전」에 개입되어 있는 또다른 구비서사물은 진가논쟁담이라고 할 수 있는 것이다. 짧은 분량의 자료로는 〈손톱 먹고 변신한 쥐 〉(한국구비문학대계 4-5, 구룡면 설화 29, 631~632쪽)가 있다.

전에 한 사람이 있더랴. 있넌디 글방이럴 보냈어 아덜얼. 보냈는디, 아 손톱얼 깎는디, 바윗독이 앉어서 쥐란 눔이 오놔 줏어 먹구우 죽어 먹구 해쌌더랴. 그래, 아이, 쥐라 줏어 먹구 줏어 먹구 허더니, 아 저녁때 집이럴 가봉개 저같은 애가 떡 즈 집이 익거던? 아 그 큰일났더랴. 그래서 그래 제 자식… 아니라구 들구(자꾸, 마구) 해쌌더랴. 이 애들을. 즈 엄니가. 아니라구 해싸닝개 인제 개가 크은 걱정을 하구 있다가 워디구 갔어. 가서 괭이럴 한 마리 참 크은 눔 참 구했어. 구해서나 갔다, 가지구 옹개시루 괭이라 그 물어 죽이더랴. 그 쥐란…쥐가 그 손톱 줏어 먹어서. 철년 묵은 쥐가. 그래…쥐란 눔다 줏어 먹더니 그게 거시가더랴. 다 했어 얘기.

이 이야기의 서사구조는 다음과 같다.

1. 진짜와 똑같은 가짜가 출현한다.
2. 언쟁을 벌이나 결정할 수가 없다.
3. 계략을 써서 가짜를 퇴치한다.

　이 이야기는 「옹고집전」으로 소설화하여 일반에 널리 알려진 것이다. 민담에서는 단순히 '손톱을 먹고' 쥐가 변신한 것으로 되어 있는 것이 소설에서는 '징벌'하기 위해서 도사가 벌이는 일이다. 2.에서 3.에 이르는 과정에서 진짜가 가짜로 오인되어 쫓겨나는 과정이 삽입되어 있다. 이 과정을 통해 주인공은 자신의 과오를 깨닫게 되고, 징벌의 효과를 거두고 있는 것이다.

　「왕능전」에서 조걸이 개과천선하는 삽화 역시 이와 동일한 구조로 이뤄져 있다. 즉,

1. 조걸과 똑같은 조걸이 등장한다.
2. 진짜와 가짜를 구분할 수 없다.
3. 송사판결을 시켜서 가짜가 진짜로 오판된다.
4. 진짜 조걸이 죽을 고생을 한다.
5. 진짜 조걸이 개심하자 가짜가 사라진다.

　「옹고집전」과는 문제 해결방식에서 차이를 보이고 있다. 그러나 변신한 가짜가 진짜를 벌준다는 기본 구조에서는 동일한 양상을 보이고 있다. 그런데, 「옹고집전」과 달리 「왕능전」에서는 이 이야기가 삽화적인 차원에서 사용되고 있다. 이를 통해 구비서사물이 기록서사물에 차용되는 경우, 동일한 이야기라도 다양한 차원으로 서사에 개입한다는 사실을 확인할 수 있다. 또한 그 이면에는 단순한 변신담에 개과천선이라는 유교적 교훈화소가 개입되어 있다는 점도 확인 할 수 있다. 즉, 서사물이 배경으로 삼고 있는 사유체계에 따라서 이야기는 다양한 방식으로 변주되고 있음을 확인할 수 있는 것이다.

4. 결 론

이상의 소략한 논의를 통해 「왕능전」이 갖고 있는 문학사적인 의의를 확인하였다. 이상의 논의를 종합하면, 「왕능전」은 경상북도 지역의 선비가 소유하고 있던 작품이며, 서술상의 특징은 사건의 시작 부분에서 일부 편년체 형태의 기술방법을 사용하고 있다는 점이다. 소설 구성상의 특성으로는 구비서사물의 적극적 수용이라 하겠는데, 구룡담과 진가논쟁담이 그것이다.

구룡담은 거타지-작제건-민담의 순서로 구전되다가 「왕능전」에도 수용되고 있음을 알 수 있었다. 진가논쟁담은 민담-소설로 수용되고 있는데, 민담에 교훈소가 첨가된 「옹고집전」과 달리 교훈소는 유지하면서 삽화차원으로 개입되고 「왕능전」에 사용되고 있었다. 따라서 「왕능전」이 갖고 있는 문학적인 의의는 구비서사물과의 친연성에 있다고 정리할 수 있다.

「왕능전」 이외에도 이러한 소설이 더 많을 것으로 기대된다. 그러나 아직 많은 소설이 논의 대상에서 제외되어 있으므로 많은 논의가 진행되지 않고 있음도 사실이다. 낙장 또는 낙질본 소설들을 적극적으로 읽는 작업을 통해, 많은 소설에 감춰져 있는 가치를 발견하는 연구는 후속작업으로 남겨 놓고자 한다.

1쪽

* 앞 부분이 낙장되어 있다. 앞 부분의 내용은 다음과 같이 추정할 수 있다.
 왕공과 소씨 부인이 있었는데, 왕공이 조걸의 참소로 아롱도에 적거된다. 이때 소
씨는 아이를 잉태하고 있었으나, 왕공과 소씨는 이 사실을 모른 채 이별하게 된다.
소씨가 홀로 지내던 어느날 구의산 백학사의 노승이 찾아와 시주를 권한다.

 기난 □……□[1)거 ᄒᆞ시고, 슬하의 □……□하리요. 노승[2) 왈,
 "부닌이 다시 덕을 닥그시면 혹 □□□일의 영화 잇사오리다."
ᄒᆞ며 권ᄒᆞ거날, 부닌이 자년 마음니 감동ᄒᆞ와 (내렴으)[3)로,
 '자식은 업스나 다만 적소[4)의 가신 상공이 셰존 영감[5)으로 사라 익기를
바라노라.'
하고, 삼쳔 금과 빙목[6) 쳔 필을 권션[7)의 시즁[8)하고 가로ᄃᆡ,
 "약간 지물히 구하기난 다만 젹것[9)ᄒᆞ신 가즁얼 위함이ᄅᆞ."
한ᄃᆡ, 노승니 이러 직비[10) 왈,
 "부닌의 정셩은 셰존니 살피실련이와, 이졔 부인 상을 보온니 얼골의 가
는 씨[11) 씌연ᄉᆞ온니 반다시 틱기[12)인난지ᄅᆞ. 귀체를 안보하소셔. 소승의

※ 박순호 소장 『한국고소설전집』 권 37 수록본을 저본으로 하였다.
1) 쪽이 훼손된 부분으로, 빠진 글자수를 추정할 수 없을 경우 말줄임표로 표시함.
2) 노승(老僧). 나이가 많은 중.
3) 추측하여 채운 부분. 이하 추측이 가능한 결락자 또는 결락부는 ( )로 표시함.
4) 적소(謫所). 귀양지.
5) 영감(靈鑑). 신불의 영묘한 보살핌.
6) 백목(白木). 무명. 무명실로 짠 피륙.
7) 권선(勸善). 절을 짓거나 불사를 위하여 신자들에게 보시(布施)를 청함.
8) 시주(施主). 자비심으로 조건 없이 절이나 중에게 물건을 베풀어 주는 일. 또는
 그런 일을 하는 사람.
9) 적거(謫居). 귀양살이를 하고 있음.
10) 재배(再拜). 두 번 절함. 또는 그 절.
11) 띠.
12) 태기(胎氣). 아이를 밴 기미.

일홈은 학복이온니 도라가 졀를 즁슈하고 다시 와 치하[13]ㅎ오리다."

　부닌이 소 왈,

　"듸사의 말리 실노 망영[14]이로다 비록 년소[15]

　하나 하가[16]ㅎ온지 임의 삼년이라. 잇씨겼[17] 그러한 긔미읍거늘 엇지 이 딕지 허황ㅎ신요."

한듸, 노졈이 미셨다가 엿즈오되,

　"부니이[18] 실노 슈상하던이다. 달마다 월사[19]를 위거읍시 하시던이 이번은 슈월이 지닉되 긔미읍사온니, 존사의 말삼니 미덤즉 하와이다."

　부닌 왈,

　"셜사 틱긔잇다 흔들 남진 쥴 알이요."

　노승 왈,

　"상셔[20]의 이로듸 '잉틱흔 부닌이 양상 좌면을 먼저 동ㅎ면 남직라' 일너 쌋온니, 니졔 부닌의 동졍을 보온니 긔운니 믹양 좌편을 응ㅎ오신이 반다시 남자를 싱하시오리다."

ㅎ(니 부인이) 노승의 말을 듯고 심즁의 깃거 하더라. 듸시 닌ㅎ여 □□□
□ 월일실를 긔록ㅎ여 가지고 도라가니라. □□□□□□(조걸)은 승상 조

---

13) 치하(致賀). 남이 한 일에 대하여 고마움이나 칭찬의 뜻을 표시함. 주로 윗사람
　　이 아랫사람에게 함.
14) 망영(妄靈). 늙거나 정신이 흐려서 말이나 행동이 정상을 벗어남. 또는 그런
　　상태.
15) 연소(年少). 나이가 어림.
16) 하가(下嫁). 지체가 낮은 곳으로 시집간다는 뜻으로, 공주나 옹주가 귀족이나
　　신하에게로 시집감을 이르던 말.
17) 지금까지
18) 부인께서
19) 월사(月事). 월경(月經)
20) 상서(相書). 관상서(觀相書).

학의 아오라. □……□ 한지라. 잇씨 조거리 남 □……□ 하여스믹 탄식[21]
왈,

  "늬 일죽

3쪽

  □……□ 자사[22]의 문긱 (1행 판독불가) □……□을 듯고 퇴혼ㅎ고 즉시
왕빈과 셩혼한니, 자슐리 믹양 졀분니 여겨 셜치코자 하던니, 자사게 고
왈,

  "노야[23] 일(색)을 구코져 하시거든, 이졔 왕빈니 아롱도의 젹거ㅎ여 사싱
존망[24]을 아지못ㅎ고, 쏘 그 집안의 짓친[25]이 읍셔 혈혈단신이 의지할 곳
읍스온니, 노야의 위권[26]으로 취하시기 어렵지 안스외다."

  자시 딕 왈,

  "소씨의 자식[27]을 엇지 자셰히 아는요?"

  슐리 왈,

  "싱이 소씨와 동향의 사옵고, 종종 그 집의 왕닉하여 소씨르 보온니 얼골
른 셔시[28]갓고, 틱도난 양귀비[29] 부싱[30]혼지라. 한번 보믹 향풍[31]니 사람

---

21) 탄식(歎息). 한탄하여 한숨을 쉼. 또는 그 한숨.
22) 자사(刺史). 중국 한나라 때에, 군(郡)·국(國)을 감독하기 위하여 각 주에 둔
    감찰관. 당나라·송나라를 거쳐 명나라 때 없앴다.
23) 노야(老爺). (성이나 직함 뒤에 쓰여) 남을 높여 이르는 말.
24) 사생존망(死生存亡). 생사존망(生死存亡). 살아서 존재하는 것과 죽어서 없어지
    는 것.
25) 지친(至親). 매우 가까운 친족. 아버지와 아들, 언니와 아우 사이를 이르는 말.
26) 위권(威權). 위세와 권력을 아울러 이르는 말.
27) 자색(姿色). 여자의 고운 얼굴이나 모습.
28) 서시(西施, ?~?). 중국 춘추 시대 월나라의 미인. 오나라에 패한 월나라 왕 구천
    이 서시를 부차에게 보내어 부차가 그 용모에 빠져 있는 사이에 오나라를 멸망
    시킴.
29) 양귀비(楊貴妃, 719~756). 중국 당나라 현종(玄宗)의 비(妃). 이름은 태진(太

의 경신얼 놀뇌온니 웃지 일식이라 안니 흐리가."

자시 듯고 디 왈,

"왕빈니 비록 사지[32)의 잇쓰ᄂ 닌명을 아지 못하는

4쪽

이, 왕빈으 사약흐고 소씨를 취흐리ᄅ."

하고, 즉시 경셩[33)의 올나가 승상을 보고 왈,

"아롱도의 젹거흔 죄닌 왕빈는 이부상셔 왕겸의 증손니라. 이는 셩왕[34)의셔 크게 사랑 흐신 바요, 쏘 션조의 쥬셕지신[35)니온니, 우리집과 원슈되여 도로혀 화를 당할쓰 흐온니 급피 약을 나리와 죽겨 타일의 근심읍게 흐옵소셔."

흐니, 승상이 가로디,

"너 말리 올토다. 월젼의[36) 틱자(가) 긔린각[37)의 드러가셔 션판[38)을 보시미, 이부상셔 왕겸의 일홈을 보시고 탄식흐여 왈 '이는 션왕의 부친츙신이요, 크게 여기ᄉ 이럿틋 표흐신 비라. 니 엇지 이즈리요.' 흐시며 못뇌 탄식칭찬흐시미, 만일 틱자게셔 장셩흐사 그 자손 왕빈을 크게 쓰실지ᄅ. 니 엇지 일후[39) 환을 미리 막지 안니흐리요."

眞). 춤과 음악에 뛰어나고 총명하여 현종의 총애를 받았으나 안사의 난 때 살해당함.
30) 부생(復生). 없어졌던 것이 다시 생겨남.
31) 향풍(香風). 향기로운 바람.
32) 사지(死地). 죽을 지경의 매우 위험하고 위태한 곳.
33) 경성(京城). 도읍(都邑)의 성(城).
34) '선왕'. 선대의 임금.
35) 주석지신(柱石之臣). 나라에 중요한 구실을 하는 신하.
36) 월전(月前)에. 한 달이 조금 넘는 날 전에.
37) 기린각(麒麟閣). 중국 한나라의 무제가 장안의 궁중에 세운 전각. 선제 때 곽광외 공신 11명의 초상을 그려 각상(閣上)에 걸었다고 함.
38) '현판(懸板)'의 誤記.
39) 일후(日後). 뒷날.

즉시 사자를 명ᄒ여 어명이ᄅ 칭ᄒ고 약디[40]ᄅ 봉ᄒ여 쥬야로 가게한이라.

각셜 틱슈 왕빈이 여러날만의 남

5쪽

히의 이르러 빅의 올나 아롱도로 향흘 시, 슌풍얼 만나 오일만의 육지의 나려 죄명을 별장[41]의게 붓치고 쥬닌을 졍ᄒ여[42] 잇던니, 졸련[43]니 병니 드러 명긔[44] 조셕의 닌ᄂ지ᄅ. 틱슈 병침[45]의 누어 식음얼 젼폐ᄒ고 잇던니, 밤이 깁푼 후 틱슈 슬품얼 이긔지 못ᄒ여 머리을 드러 공즁을 향ᄒ여 탄식ᄒ여 왈,

"일월리 발그시고 귀신이 명감[46]ᄒ시오니, 틱슈 왕빈니 쥬근후 혈혈고혼[47]니 고향의 도라가게 닌도ᄒ소셔."

ᄒ며 눈물을 흘니던니, 문득 한 션동[48]니 촉ᄒ이[49] 나아가 틱슈게 예ᄒ여[50] 왈,

"명일ᄅ 독약이 당(도)흘 쩌슨니, 이 약을 가졋다가 계명후[51] 탄하[52]ᄒ소셔. 이 약을 머그면 아모리 녹한 약니 느러가노 그 독늬를 셰어ᄒ여 쥭지

---

40) 약대(藥袋). 약낭(藥囊). 약을 넣어서 차는 작은 주머니.
41) 별장(別將). 조선 시대에, 지방의 산성(山城)·나루·포구·보루(堡壘)·소도(小島) 따위의 수비를 맡아보던 종구품 무관의 벼슬.
42) '주인을 정하여'. 잠시 머물러 잘 수 있는 집을 정함. 또는 하숙할 집을 정함.
43) 졸연(猝然/卒然). 갑작스럽게.
44) 명기(命期). 수명(壽命)의 기한.
45) 병침(病寢). 병자가 누워 있는 침실.
46) 명감(明鑑). 사물의 미래에 대한 정확한 관찰력. 또는 그런 관찰.
47) 혈혈고혼(孑孑孤魂). 의지할 곳이 없이 외로운 혼백.
48) 선동(仙童). 선경(仙境)에 살면서 신선의 시중을 든다는 아이.
49) '촉하(燭下)에'. 촛불 아래에
50) 예(禮)를 갖추고
51) 계명후(鷄鳴後). 닭이 운 후.
52) 탄하(呑下). 알약이나 가루약 따위를 삼켜서 넘김.

아니할 거신이 부딩 조심하라."

ᄒ고 환약 셰 기를 쥬거ᄂᆞᆯ, 틱슈 고이여겨 션동을 ᄌᆞ셔이 본니 닌간[53] 사람은 안이라. 약을 붓고 치ᄉᆞ[54]코ᄌ 하던니

6쪽

문득 간곳 업거ᄂᆞᆯ, 틱슈 탄식ᄒᆞ여 왈,

"늬 일즉[55] 모로거ᄂᆞᆯ 읏지 션동이 이럿틋 구할리요."

ᄒ며 젼젼고통[56]ᄒ던니, 이윽고 계명셩[57]이 들이거ᄂᆞᆯ 틱쉬 션동의 말르 싱각ᄒ고 그 환약을 먹고 침금[58]의 누엇더니, 일신[59]의 ᄯᅡᆷ니 ᄂᆞ며 졍신이 쇄락[60]하여 압흔고지 읍거ᄂᆞᆯ,

"그넌 다힝ᄒᆞ나, 션동에 말리 날이 발그면 야긔[61] 이르리ᄅ 하엿슨니, 이넌 반다시 됴학니 나를 죽니고자 약긔 나리도다."

ᄒ며 탄식 유쳬[62]ᄒ던니, 니윽고 동방이 발그며 문박긔 들늬난[63] 소리 들이던니, 사자 약긔를 가지고 압희 나와 가로딩

"어명이 시급흔이 밧비 머그라."

짓촉하거ᄂᆞᆯ, 왕빈니 조학의 흉겐쥴 아나 엇지하리요. 하나를 우러러 탄식하고 그 약을 바다 머근이라. 졔 애아[64]모리 독악니나 구의산 셰존니 구ᄒᆞ심

---

53) '인간세상'
54) 치사(致謝). 고맙고 감사하다는 뜻을 표시함.
55) 필사과정에서 1행 정도가 결락된 것으로 보이는 부분.
56) 輾轉苦痛(?). 輾轉反側의 誤字 또는 아파서 잠을 못이루고 괴로워한다는 의미로 만든 한문구.
57) 계명성(鷄鳴聲). 닭의 울음소리.
58) 침금(寢衾). 이부자리.
59) 일신(一身). 온몸.
60) 쇄락(灑落). 기분이나 몸이 상쾌하고 깨끗함.
61) '약이'
62) 유체(流涕). 눈물을 흘림.
63) '들고 나는'

이 잇슨니 왕빈이 웃지 죽으리요. 틱슈 그 약을 먹고 염여되던니 과연 무사
ᄒ고, 도

7쪽

로여[65] 복즁[66]이 편안(하고) 정신니 씩씩한지라. 틱슈 션동의 말를 몬니
치사ᄒ고 헤오딕, '닉 약을 먹고 죽지 안니 ᄒ엿슨 즉 타일의 또 화를 면치
못할리라. 이졔 맛당이 거즛 죽거 은근니 명을 도모할리라.' 닌ᄒ여 호읍[67]
얼 참고 한번 긔운얼 쓰며 즁년 형상얼 뵈닌이, 스지 그 형상을 보고 죽근
줄 알고 가거늘, 그 쥬닌이 틱슈의 신쳬[68]를 가만이 들러다가 난도 셤즁의
던지고 가거날, 틱슈 싱각한니 '닉 비록 범의 입은 버셔낫쓰나 사방의 물리
막켜슨니 어딕로 가리요. 반다시 형용[69]얼 변하고 동뎡[70]을 보리르.' 하고
변신할 묫칙을 싱각ᄒ던니, 맛참 겻틱 한 소장[71]이 의복이 남누하거늘, 틱
쉬 오슬 버셔 그 신쳬와 박고와 입고, 두발르 헤쳐 귀밋츨 덥고, 얼골이
먼지 칠ᄒ고, 여러 쥬검 겻틱 누어 밤을 지닉던니, 셕양[72]의 이르러 문득
웃더ᄒ 사람덜리 죽음얼

8쪽

상고[73]ᄒ다가, 틱쉬 몸의 이르러,

---

64) 重複字. 이하 중복 필사된 글자는 []표로 표시함.
65) '도리어'
66) 복중(腹中). 뱃속.
67) 호흡(呼吸).
68) '시체(屍體)'
69) 형용(形容). 사람의 생김새나 모습.
70) 동정(動靜). 일이나 현상이 벌어지고 있는 낌새.
71) 소장(素帳). 장사 지내기 전에 궤연(几筵) 앞에 치는 하얀 포장.
72) 석양(夕陽). 저녁 때.
73) 상고(詳考). 꼼꼼하게 따져서 검토하거나 참고함.

"올타 올타. 이 쥬금니[74] 금능 최공 분명하다. 올썩의 세곳주의에[75] 니부 장의 투셔 바친 거시 잇신이 이 안니 최공의 신체야."

흔니 최공의 아들 최진이 보고 가로딕,

"과년이라"

하고, 통곡하며 그 신체를 거두어 뫼셔다가 비 우희[76] 논난지라. 티쉬 일변 놀나며 싱각흔이, '닉 일즉 박고와 입은 오시 실노 금능 최가의 오시로다. 이졔 이 사람덜리 날노 흐여금 그릇 차죄간니 실노 낭픽되ᄂᆞ, 그러ᄂᆞ 짐즛 딕희을 근년 후의 말홀리라.' 하고 가만이 누어던니, 그 사람덜리 예신읍시[77] 비를 져허 가던니, 문득 딕풍이 니러ᄂᆞ 비를 모라 밤이 맛도록 닷던니, 동방니 발그며 바라보믹 딕희를 근녀, 긍능지경[78]을 격흐여더라. 최진니 졔 아비 신체 다시 염습[79]흐여 육지로 가리라 하고, 신체를 닉여노코 만지거늘, 티쉬 마지못흐여 말흐여 왈,

9쪽

"그딕는 엇더흔 사람닌지 날갓튼 닌싱을 위흐여 딕희를 무사이 그네쥬난요?"

흐며, 이러 안즌니 여러 사람이 이 거동얼 보고 딕경흐여 비머리로 도망흐더라. 최진이 놀나 자셰이 보니 졔 아비 안니어날, 딕경실식[80] 왈,

"나는 금능 사람이라. 부친니 아롱도의 장사갓다가 킥사[81]하여스믹, 말니박게 신체를 거두어 고향의 도라가던니, 아지못게랴, 너는 웃더흔 사람이

---

74) '주검이'
75) 意味不詳
76) '위에'
77) '의심없이'.
78) '금능 지경'. 지경(地境). 나라나 지역 따위의 구간을 가르는 경계.
79) 염습(殮襲). 죽은 사람의 몸을 씻긴 뒤에 옷을 입히고 염포로 묶는 일.
80) 대경실색(大驚失色). 몹시 놀라 얼굴빛이 하얗게 질림.
81) 객사(客死). 객지에서 죽음.

완딕 남의 붓친 옷슬 아셔입고 날를 이딕지 낭픽82)시기는다? 네 분명 불측83)헌 도젹으로 사람을 히하고 죄를 면코져 남의 오슬 아셔 이벗슨니84) 너를 엇지 살여 두리요."

분긔 딕발85)ᄒ거늘, 딕쉬 이걸ᄒ며 일변 강슈86)로 얼골 씻고 모발을 가다듬어 가로딕,

"션쥬는 닉말를 드르라. 나는 화셩사람으로 조졍의 득죄헌 빅 잇셔 아롱도로 귀양갓던니, 이리이리 하여 약을 먹고 거즛 쥬거 여러 쥬검을

10쪽

이웃하여 살기르 도모코자 형용을 변하여 잣최를 감초고져87) 오셜 박고와 입고 밤을 기다리던니, 마참 그딕 나를 이러타시 구ᄒ니 심즁의 사졍을 발코자하나 못한 마른 사젹88)니 드러날가 염여ᄒ여 마를 못함이요, 짐즛 딕히를 건는 후의 말을 이르고 은덕을 사례코져 ᄒ연노라."

한니, 모든 사람이 마를 듯고 놀닉 왈,

"북방 사람이 아롱도의 귀양간 직 사라간 니89) 읍던니, 니졔 존공90)이 사라 왓슨니 실노 쳔신91)이 도움이로다."

ᄒ더라. 최진이 심사 낙막92)하여 눈무를 흘니며 왈,

"공의 말슴언 수셰93) 그러ᄒ련니와, 나의 붓친의 오셜 입언노라 ᄒ니 원

---

82) 낭패(狼狽). 계획한 일이 실패로 돌아가거나 기대에 어긋나 매우 딱하게 됨.
83) 불측(不測). 생각이나 행동 따위가 괘씸하고 엉큼함.
84) '입었으니'.
85) 분기대발(憤氣大發). 분한 생각이나 기운이 크게 일어남.
86) 강수(江水). 강물.
87) '자취를 감추려고'. 남이 모르게 어디로 가거나 숨으려고.
88) 사적(事跡). 사업의 남은 자취.
89) '살아서 간 사람'
90) 존공(尊公). 지위가 높은 사람을 높여 이르는 말.
91) 천신(天神). 하늘에 있다는 신 또는 하늘의 신령.
92) 낙막(落寞). 마음이 쓸쓸함.

컨딕 존공의 표식94)을 아러지니다.”

흥거늘, 틔쉬 가로딕

“찻기 쉬운지라. 것옷션 창의95)요, 옷고름이 써러져 닉가 다너라고 굴
너96) 달고, 비단 허릭씌 씌엿슨니 일노 증험97)하라”

흥니, 최진니 낫낫치 긔록하여

11쪽

가지고, 틔슈를 하즉하고 바로 아롱도 향흥여 가더르. 틔쉬 몸을 감초고자
하여 이늘 빅운산으로 가니, 잇씩는 삼월 망간98)이라. 빅화99) 다 지느고
녹음니 울울100)한딕, 외로온 원슝니 슙파람흥고101), 청청양유102)의 환우
잉103)은 짝을 찻고, 불여귀104) 두견셩105)은 긱회106)를 자어닌니, 틔쉬 비
창107)한 심스 더욱 간절흥여 누슈108)를 금치 못하난 즁, 머글 거 읍셔 비곱
푼니 뉘르셔 구하리오. 맛참 바라보믹 층암절벽109) 우의 슈간110) 익거늘,

---

93) 사세(事勢). 일이 되어 가는 형세.
94) 표식(標式). 하나의 형식을 정확히 나타낼 수 있는 전형적인 유적이나 유물.
95) 창의(氅衣). 벼슬아치가 평상시에 입던 웃옷. 소매가 넓고 뒤 솔기가 갈라져
   있다.
96) ‘둘러서’
97) 증험(證驗). 실지로 사실을 경험함. 또는 증거로 삼을 만한 경험.
98) 망간(望間). 음력 보름께.
99) 백화(百花). 온갖 꽃.
100) 울울(鬱鬱). 나무가 빽빽하게 들어서 매우 무성하다.
101) ‘휘파람 불고’
102) 청청양류(靑靑楊柳). 싱싱하게 푸른 버드나무.
103) 환유앵(歡游鶯). 즐겁게 노니는 꾀꼬리.
104) 불여귀(不如歸). 두견이
105) 두견성(杜鵑聲). 두견이의 울음소리
106) 객회(客懷). 객지에서 느끼게 되는 울적하고 쓸쓸한 느낌.
107) 비창(悲愴). 마음이 몹시 상하고 슬픔.
108) 누수(淚水). 눈물.
109) 층암절벽(層巖絶壁). 몹시 험한 바위가 겹겹으로 쌓인 낭떠러지.

틱쉬 반겨 드러간니 즁언 읍고 한 노옹니 니셔 송엽[111]을 장말ᄒ거늘, 틱쉬 읍[112]하고 가로ᄃᆡ,

 "싱은 산외사람으로 신셰 궁박[113]ᄒ여 사방[114] 유리ᄒ옵던니, 길을 일코 산즁의 드러놔 향할 바를 모로고 빅곱하 신긔[115] 뇌곤[116]ᄒ온니 원컨ᄃᆡ 존공은 구하옵소셔."

ᄒ니 노옹니 눈셥을 쯩거리고 말ᄒ여 왈,

 "닌간의도[117] 송엽니 잇거늘 읏지 그리하

12쪽

 난요?"

 틱슈 다시 졀ᄒ여 왈,

 "닌간 사람이 송엽 먹난 법을 아지 못하온니 존공언 가르치시옵소셔."

 노옹니 가로ᄃᆡ,

 "영쳔 틱슈가 읏지 이ᄃᆡ지 곤한고?"

ᄒ며 표자[118]의 닝슈를 쓰고 송엽가로[119]를 타셔 쥬거날, 틱쉬 공손니 바다 마시고 사례ᄒ여 왈,

 "일즉 싱면[120]이 업사온ᄃᆡ, 읏지 영쳔 틱슈 왕빈을 아르시난익가?"

---

110) 수간(數間). 집의 두서너 칸.
111) 송엽(松葉). 솔잎.
112) 읍(揖). 인사하는 예(禮)의 하나. 두 손을 맞잡아 얼굴 앞으로 들어 올리고 허리
　　를 앞으로 공손히 구부렸다가 몸을 펴면서 손을 내리는 인사.
113) 궁박(窮迫). 몹시 가난하여 구차함.
114) 사방(四方). 여러 곳.
115) 신기(身氣). 몸의 기력.
116) 곤뇌(困惱). 가난 따위에 시달려 고달프다.
117) '인간 세상에도'
118) 표자(瓢子). 표주박.
119) '솔잎가루'
120) 상면(相面). 서로 만나서 얼굴을 마주 봄.

노옹 왈,

"왕퇴쉬 웃지 나를 알니요. 나난 이 산즁의 잇슨지 임의 슈쳔연이라. 닌 간 일을 디강 짐작ᄒᆞ니, 일젼[121]의 이 산 신영[122]이 '구의산 빅학사의 셰존의 명을 바다 아롱도의 젹거한 퇴슈 왕빈니 이미이[123] 죽음얼 구하러 가노라' ᄒᆞ고 가던니, 쏘 일젼의 와셔 ᄒᆞ기를 '명일른 왕빈니 올거신니 구하라' ᄒᆞ시기로, 반(드)시 올 줄 알고 머글거슬 하노라."

ᄒᆞ거늘, 퇴쉬 이 마를 듯고 헤오되 '우리집이 자고로 부쳐의게 시쥬한 비 읍거늘 빅학사 셰존니 션동을 보닌

13쪽

여 쥬근 못슴을 구하신니 실노 고이ᄒᆞ도다' 하고 공즁얼 향ᄒᆞ여 무슈이 츅슈[124]하고, 이(로)붓터 노옹으로 한가지 머물며 송엽으로 년명[125]ᄒᆞ여 슈월를 지닉던니 졍시니 식식하고 긔운니 호탕[126]ᄒᆞ여 몸의 나릭ᄂᆞᆫ[127] 듯 ᄒᆞ더라. 원닉 이 노옹은 염졋[128]쎠 사람으로, 치우[129]의 난을 만나 피란ᄒᆞ여 이 곳의 잇슨지 슈쳔 셰나, 죽지 안니한니 셰상 사람이 이르길를 쳔셰옹[130]이

---

121) 일전(日前). 며칠전.
122) 신령(神靈). 풍습으로 섬기는 모든 신.
123) '애매하게'. 아무 잘못 없이 꾸중을 듣거나 벌을 받아 억울하게.
124) 축수(祝手). 두 손바닥을 마주 대고 빎.
125) 연명(延命). 목숨을 겨우 이어 살아감.
126) 호탕(浩蕩). 세차게 내달리는 듯한 힘이 있다.
127) '날개가 난'
128) 신농씨(神農氏)의 본명. 중국의 옛 전설 속의 제왕으로 삼황(三皇)의 한 사람. 농업·의료·악사(樂師)의 신, 주조(鑄造)와 양조(釀造)의 신이며, 또 역(易)의 신, 상업의 신이라고도 함.
129) 치우(蚩尤). 중국에 전하는 전설상의 인물. 신농씨 때에 난리를 일으켜 황제(黃帝)와 탁록(涿鹿)의 들에서 싸우면서 짙은 안개를 일으켜 괴롭혔는데 지남차를 만들어 방위를 알게 된 황제에게 패하여 잡혀 죽음. 후세에는 제나라의 군신(軍神)으로서 숭배됨.
130) 천세옹(千歲翁). 신선인 안기생(安期生)의 별칭. 그는 수련과 음식, 단약(丹藥)

라 ᄒᆞ더라.

각셜 익씨 부닌 소씨 딕스를 보닉고 잇튼날 노복을 거나려 자안동 삼촌 딕으로 도라간니, 소학사 누무를 흘니며 왈,

"질여의 팔자 불길ᄒᆞ도다. 출가ᄒᆞᆫ지 오릭지 안니ᄒᆞ여 부모 죽고, 다른 형제 읍셔 혈혈한 몸니 왕문의 의지하엿다가, 운니 불힝ᄒᆞ여 틱쉬 쏘 죽을 싸의 젹거ᄒᆞ엿슨니, 사라오길를 엇지 바라리요. 불상흔 우리 질녜, 누를 의(지)하여 살니요."

비졀체읍131)ᄒᆞ니, 소씨

14쪽

눈물나리여 왈,

"소여의 팔ᄌᆞ난 하날리 무니132)여기신 비라. 죽어 모로고자ᄒᆞ오나, 다만 가군133)이 천힝134)으로 사라오시기럴 바라나이다. 만일 죽어 못도라오면 질예 웃지 사라익기를 구하린익가. 일젼 구의산 빅학사 딕시 시쥬를 쳥ᄒᆞ읍거날, 가즁135)의 직무를136) 모도 기우려 허금137)하기는 혹 부쳐의 영감으로 사라올가 바라읍고, 쏘 소질138)이 틱기잇다 ᄒᆞ오니 싱각ᄒᆞ온 슥 그 말리 근사ᄒᆞ오며, 쏘 가군 셧찰의 이러이러하여 소질노 ᄒᆞ여금 슉부딕의 부탁하여씨로 이제 왓사오니, 씩를 기다려 후일를 보고자 ᄒᆞ읍나이다."

ᄒᆞ며 몬닉 득긴이139), 학시 그 말를 듯고 더옥 잔닝이140) 여겨 이날붓터

　등에 의지해 장생을 얻었으며 인간세상에서 일 천년 이상 살았다고 함.
131) 비절체읍(悲絶涕泣). 더할 수 없이 슬프게 눈물을 흘리며 슬피 움.
132) 뮈이. 밉게.
133) 가군(家君). 남에게 자기 남편을 이르는 말.
134) 천행(天幸). 하늘이 준 큰 행운.
135) 가중(家中). 온 집안.
136) '재물을'
137) 헌금(獻金). 돈을 바침. 또는 그 돈.
138) 소질(小姪). 조카가 아저씨를 상대하여 자기를 낮추어 이르는 일인칭 대명사.

슬ᄒ의 두고 친자식갓치 여기사, 그 비창ᄒᆞᆫ 힝포141)을 항상 위로ᄒᆞ더라.

　일일은 소씨 별쌍의 누어 튀슈를 사모142)하더니 호련 ᄒᆞᆫ쌍 나뷔 부닌 압희 나

15쪽

와 조화를 이르고자 ᄒᆞ거늘, 부닌이 홀련 곤하여 일편 고혼143)니 나뷔를 ᄯᆞ라 향풍얼 좃차 ᄒᆞᆫ곳의 이르러가니, 산슈명낭144)ᄒᆞ고 요화만발145)ᄒᆞᆫ듸 누각니 잇셔 금자로 쎳부치기를 년화각이ᄅᆞ 하엿더라. 청의동자 나와 부닌을 맛거늘, 부닌이 동자를 ᄯᆞ라 드러가니, 이윽고 시여 슈니이 나와 옹위146)하여 늬젼으로 그러가 탑ᄒᆞ147)의 좌148)를 증ᄒᆞ여 안치거늘, 소씨 눈을 드러 보니 창안빅발149) 보살이 염쥬를 희롱ᄒᆞ여, 그 겻헤 용포입은 부닌의 얼고리 정결ᄒᆞ고 긔상니 슙슙150)한지라. 보살리 그 부닌을 도라보아 왈,

　"이졔 소씨의 긔상을 보온니 낭낭151)의 바라신 ᄯᅳᆺ슬 족히 이르리니다."

ᄒᆞ니, 그 부닌이 보살을 치사ᄒᆞ여 왈,

　"셩덕의 지시ᄒᆞ심을 닙어 지극한 원을 풀이로다. 바라읍건듸 존사난 신긔ᄒᆞ온 표를 소씨게 나리와 듸ᄉᆞ를 완정152)ᄒᆞ사이다."

---

139) '느끼니'. 서럽거나 감격에 겨워 욺.
140) 자닝하다. 애처롭고 불쌍하여 차마 보기 어렵다.
141) '회포(懷抱)'.
142) 사모(思慕). 애틋하게 생각하고 그리워함.
143) 고혼(孤魂). 의지할 곳 없이 떠돌아다니는 외로운 넋.
144) 산수명랑(山水明朗). 경치가 흐린 데 없이 밝고 환함.
145) 요화만발(瑤花滿發). 기이하고 아름다운 꽃이 가득 핌.
146) 옹위(擁衛). 좌우에서 부축하며 지키고 보호함.
147) 탑하(榻下). 탑전(榻前). 왕의 자리 앞.
148) 좌(座). 앉을 자리나 지위.
149) 창안백발(蒼顔白髮). 늙은이의 쇠한 얼굴빛과 센 머리털.
150) 마음이나 하는 짓이 활발하고 너그럽다.
151) 낭낭(娘娘). 왕비나 귀족의 아내를 높여 이르는 말.
152) 완정(完定). 완전히 결정함.

보살리 허락

16쪽

ᄒ고, 문즉 옥함 열고 불근 구실[153] 일 기를 닉여 소씨를 쥬어 왈,

"부닌 정성니 지극ᄒ기로 빅흑사 불젼니 광치웅걸[154]ᄒ여 실영니 족히 이를지라. 소씨는 모로비 노첩은 월광보살[155]리요, 져 낭낭은 리형 틱조 고황후[156]라. 셩덕이 지극하시기로 불경의 쳐ᄒ심미라. 이졔 부닌을 부르기는 틱후낭낭의명으로 그딕 복즁의 씻친 아자로 지략[157]을 쥬어 딕명을 도어게함이라"

ᄒ고,

"그 구슬을 급히 싱키라"

하거날, 소씨 직비ᄒ고 바다 싱킨이 향긔만구[158]하고, 스긔[159] 영농하더라. 소씨 사례하여 가로딕

"첩이 짓토[160]의 싸이여 익운[161]을 핏치 못ᄒ고 가군의 고혼니 만니박게 (머)무르즌니, 첩이 웃지 하날를 무릅쓰고 세상의 쳐ᄒ리요. 다만 죽거 모로고져 ᄒ엿삽던니, 셩교[162]가 이럿탓 ᄒ셧싸온니 불슬삼사[163]ᄒ여이다."

---

153) '구슬'
154) 광채웅대(光彩雄傑). 아름답고 찬란한 빛이 웅대하고 훌륭함.
155) 월광보살(月光菩薩). 약사여래의 오른쪽에 있는 보살. 여래의 밑에 있는 보살 가운데 일광보살과 함께 으뜸 지위임.
156) 太祖의 繼妃인 神德 高皇后
157) 지략(智略). 어떤 일이나 문제든지 명철하게 포착하고 분석·평가하며 해결 대책을 능숙하게 세우는 뛰어난 슬기와 계략.
158) 향기만구(香氣滿口). 향기가 입에 가득함.
159) 서기(瑞氣). 상서로운 기운.
160) 진토(塵土). 티끌과 흙을 통틀어 이르는 말.
161) 액운(厄運). 액을 당할 운수.
162) 성교(聖敎). 올바른 이치에 합하는 교리. 석가모니의 교법이나 성인의 불교 전적을 이름.
163) 不勝感謝. 고마운 감정이나 느낌을 억눌러 참아 내지 못함.

보살리 가로딕,

"그딕는 조히 일신을 보증[164]ᄒ여 복즁의 영긔[165]를

보호ᄒ면 후일의 영화닛쓰리릭."

하고, 선동을 명ᄒ여 경쇠를 짓촉하니, 아리요[166] 일진향풍[167]이러나며 소씨 흠신[168]하여 씌다른니 남가일몽이라. 실노 신긔ᄒ여 지필노 몽사를 긔록한이라.

각설 잇딕 사지 왕빈을 사약ᄒ고[169] 도라와 승상게 고한니, 승상이 상쾌이 여겨 조걸의게 통한니, 거리 쏘한 깃거하여 자슈를 불너 왈,

"왕빈니 님의 죽어쓴니 닉 맛당이 소씨를 취ᄒ리라. 그딕 맛당이 군을 거나려 소씨를 다려오라."

ᄒ고, 창두[170] 오십 명을 명ᄒ여 시비[171] 이십 닌으로 거마[172]를 차려 자안도으로 보닌이라.

잇찍, 소씨 학사를 뫼시고 별당의 안졋던니 문득 문박게 한 즁니 와서 청ᄒ거날, 시비로ᄒ여금 무른니 구의산 딕사여날, 부니이 반겨 딕ᄉ를 마자 가로딕,

"딕사난 언약을 잇지아니ᄒ시고 누지[173]의 쏘 님ᄒ오신니 감사ᄒ여이다"

---

164) 보증(保重). 몸의 관리를 잘하여 건강하게 유지함.
165) 영긔(英氣). 뛰어난 기상과 재기(才氣).
166) 意味不詳.
167) 일진향풍(一陣香風). 한바탕 몰아치는 향기로운 바람.
168) 흠신(欠伸). 하품과 기지개를 아울러 이르는 말.
169) 사약(賜藥). 왕족이나 사대부가 죽을 죄를 범하였을 때, 임금이 독약을 내림. 또는 그 독약.
170) 창두(蒼頭). 사내종.
171) 시비(侍婢). 곁에서 시중을 드는 계집종.
172) 거마(車馬). 수레와 말을 아울러 이르는 말.
173) 누지(陋地). 자기가 사는 곳을 겸손하게 이르는 말.

딕스 왈,

"사람니 흔번 말흐미 엇지 신얼 이즈리요"

흐

18쪽

며 손을 드러 부닌의 비를 가르쳐 왈

"긔남즈174)를 싱흐시리다"

하거날, 부닌이 웃고 가로딕,

"딕시 엇지 그리 신긔흐신요. 첩도 모로거날 틱긔잇다 흐시던니 과년 허사175)안니요, 쏘 이제 귀자을 나으리라 흐니 과년 몽즁의 엿츠엿츠 하엿싸온니 웃지 딕사의 말삼을 밋지 안니흐리요."

흔딕, 딕시 눈을 증거여 한 졈괘를 부닌게 뵈여 왈,

"소승니 부닌딕 지물을 갓다 졀를 즁슈176)하읍고, 부닌을 위흐여 불젼의 분향흐고 작쇄흐여 육신을 붓쳐 부닌의 평싱을 가리워보온니, 육용니 하날의 어거한 괘177)온니 말분178)의 부귀영화 당셰의 싹이 읍스나, 육효179)의 불측한 관귀180)가 부닌의 몸을 히흐온니, 소승니 놀나 자셰 히득181)흐온즉 명일 오시의 남방으로 도적이 올거신니 실노 일이 위급흐온지라. 만일 부닌이 오날밤을 넹기면 딕환182)을 면치못흐고, 쏘 문호183)의 욕을 보올

---

174) 긔남자(奇男子). 재주와 슬기가 남달리 뛰어난 남자.
175) 허사(虛辭). 거짓말.
176) 즁수(重修). 건축물 따위의 낡고 헌 것을 손질하며 고침.
177) 時乘六龍以御天. 『주역』第一卦 乾 乾爲天 乾上乾下에 나오는 구절.
178) 말분(末分). 늙바탕.
179) 육효(六爻). 역(易)에서, 점괘(占卦)의 여섯 가지 획수.
180) 관귀(官鬼). 점술에서 다루는 육친(六親)의 하나. 이것이 발동하면 재앙이나 궂은일이 생긴다고 함.
181) 해득(解得). 뜻을 깨쳐 앎.
182) 대환(大患). 큰 근심이나 재난.
183) 문호(門戶). 문벌(門閥).

19쪽

리다."

ᄒᆞ거늘, 부닌이 말 듯고 가로ᄃᆡ,

"늬집의 가진 거시 업스니 비록 도적이 온들 무어슬 두려워ᄒᆞ리요."

ᄃᆡ사 가로ᄃᆡ,

"그 도적이 부닌 신상을 유의함닌이 부니은 살피소셔."

ᄒᆞ니, 그졔야 씨닷고 가로ᄃᆡ,

"그러ᄒᆞ면 무삼 묘칙으로 환을 면ᄒᆞ로리가 밧비 가르치소셔."

ᄃᆡ사 가로ᄃᆡ,

"부닌은 모로미 오늘밤을 타 소승을 ᄯᅡ라 구의산의 드러가 머무러 시졀를 기다리시면, 실노 범을 피ᄒᆞ고 화가 도로여 복이 되올리다."

ᄒᆞ거날, 부닌이 ᄃᆡ사의 말을 올이[184] 여겨 이날 밤의 남복을 닙고 시비 노졈으로 함게 ᄯᅥ날 ᄉᆡ, 소씨 학사게 슈말[185]르 고코자[186] ᄒᆞ거날 ᄃᆡ사 왈,

"소승니 부닌으로 더부러 간 줄을 아르시면, 학ᄉᆡ님의 소승 닌는 곳슬 아르신이 반다시 후례[187]될 일리 잇삽고, 소승니 이리이리 홀 이리 잇사온니, 학ᄉᆡ 일장[188] 욕은 잇스오ᄂᆞ 이난 일시 ᄲᅮᆫ이라. 바라옵건ᄃᆡ 장간 닌졍을 막아 학사게 고하지 말고 가사이다"

ᄒᆞ

20쪽

거날, 부닌이 탄씩ᄒᆞ고 시비 노졈을 다리고 이날 밤의 ᄃᆡ사를 ᄯᅡ라 구의산

---

184) '옳게'
185) 수말(首末). 수미(首尾). 일의 시작과 끝.
186) '고(誥)하고자'
187) '후회'의 誤記
188) 일장(一場). 한바탕.

으로 향ᄒ여 갈 시, 딕사 강변의 이르러 두 귀 진언[189]을 외오던니, 문득 구미호[190] 나오거날, 딕시 쳘장[191]을 드러치며 크게 호형[192]ᄒ니 그 여회 ᄒ 마딕 소릭를 지르고 소학사 집으로 드러가거날, 부닉이 곡절[193]을 무른 딕 딕사 웃고 가르치지 안니ᄒ더라.

잇ᄯ, 소학시 일식이 발그믹 일러 안석[194]의 의지ᄒ여 그를[195] 보던이, 문득 들닉는 소릭 나며 여러 사람이 집을 두르고 불시의 닉당으로 드러가 소씨를 안고 나오거날, 소학사며 부닉이 놀나 아물리 할 줄 모로고 다만 질여를 부르며 통곡홀 다름이라. 잇ᄯ 여러 창두 교자[196]를 즁당의 녹코, 여러 시비 소시를 익그러 교자의 녹코, 즉시 말게[197] 싯고 문박게 나며 문득 간곳읍더라. 학사와 부닉이 통곡 왈

"귀신닌다. 쳔ᄒ의 이러ᄒ 변니 어딕 잇쓰리오."

21쪽

소제르 부르며 통곡ᄒ더라.

각설 형쥬 자사 조걸리 소씨 다(려)옴을 듯고 딕희ᄒ여, 나와 마자 드러가 별당의 표진[198]ᄒ고, 소씨를 별당의 드릴 식, 함긔갓는 시비 드러와 자사

---

189) 진언(眞言). 진실하여 거짓이 없는 말이라는 뜻으로, 비밀스러운 어구를 이르는 말.
190) 여우가 천년을 묵으면 구미호로 둔갑. 구미호는 남자를 홀리는 요염한 계집 등으로 자유롭게 변신할 수 있다고 함.
191) 철장(鐵杖). 쇠로 만든 막대기나 지팡이.
192) '호령'의 誤記
193) 곡절(曲折). 순조롭지 아니하게 얽힌 이런저런 복잡한 사정이나 까닭.
194) 안석(案席). 벽에 세워 놓고 앉을 때 몸을 기대는 방석.
195) '글을'
196) 교자(轎子). 평교자(平轎子). 조선 시대에, 종일품 이상 및 기로소(耆老所)의 당상관이 타던 가마. 앞뒤로 두 사람씩 네 사람이 낮게 어깨에 메고 천천히 다녔음.
197) '말에'
198) 포진(鋪陳). 잔치 따위를 할 때에 앉을 자리를 마련하여 깖.

게 고호여 왈,

"노애, 평싱 일식을 구호시던니 니번은 진실노 일식을 다려오난이다."

호거늘, 자시 희희낙낙[199]하여 드러가 본니, 금도 갓고 옥도 갓고, 히당화 앗참 이슬 머금은 듯, 초월[200]리 츄강의 빗츤 듯 휘휘영농[201]하여, 츈삼월[202]의 두견니 울고 츄풍구월[203]레 슉국시[204] 쌍을 짓고, 좌우로 도화만발[205]한듯, 묘묘[206]호 틱도난 사람의 정신을 놀닉고, 씩씩호 긔상은 장부의 간장을 녹일지라. 됴걸리 흔번 보믹 어린 듯 취흔 듯, 정신이 호탕호여 손의 슐을 들고 소씨 압희 나아가 가로딕,

"그딕의 자식은 일국의 유명호던니 오날 만난은 웃지 년분[207]니 안니며 왕빈이 웃지 죽지 안니리요."

호며 슐

22쪽

을 권호여 왈,

"빅년교정[208]이 이 슐 한잔이라. 소씨는 사양말고 머그라."

호니, 소씨 아미[209]를 슈기고 단슌[210]얼 여러 말호여 왈,

---

199) 희희낙낙(喜喜樂樂). 매우 기뻐하고 즐거워함.
200) 초월(初月). 초승달.
201) 휘휘(輝輝)영롱. 영롱하게 밝게 빛남.
202) 춘삼월(春三月). 봄 경치가 한창 무르익는 음력 3월.
203) 추풍구월(秋風九月). 추구월(秋九月). 가을철이라는 뜻으로, 음력 구월을 이르는 말.
204) 쑥국새. 산비둘기의 전라도 사투리.
205) 도화만발(桃花滿發). 복숭아 꽃이 가득 핌.
206) 묘묘(妙妙). 매우 뛰어난 모양.
207) 연분(緣分). 서로 관계를 맺게 되는 인연.
208) 백년교정(百年交情). 아주 오랜 기간 동안 사귀는 정.
209) 아미(蛾眉). 누에나방의 눈썹이라는 뜻으로, 가늘고 길게 굽어진 아름다운 눈썹을 이르는 말. 미인의 눈썹을 이름.
210) 단순(丹脣). 여자의 붉고 고운 입술. 또는 연지를 바른 입술.

"첩은 드른니 츙신은 불사니군이요 열여는 불경일부[211]라 ᄒ온니 웃지 한 몸으로 두 낭군을 셩기리요."

하며, 거즛 노ᄒ난 듯 잠간 운난 듯 곳틱[212] 만단[213]한니, 자싯 소씨 우음얼 타 무릅얼치며 딕소ᄒ여 왈,

"쳔(하) 음양지낙[214]은 만물리 다 ᄋ난니 별노 예문[215]니 잇쓰리요. 웃지 츙열를 본바다 우리 양닌의 호탕혼 심사를 어긔리요. 소씨, 소씨는 사양말 고 이 슐 혼 잔으로 년분을 증하자."

ᄒ거늘, 소씨 다시 슐을 드러 자사를 보아 희싴[216]을 씌고 가로딕,

"쳡의 일신은 죽어 모로거실로딕, 일번 싱각혼니 쳡의 년광[217]이 쳥춘이 라. 부유[218]갓튼 셰상의 한갓 졀기를 짓키면 영광되미 무어시며, 이제 상공 의 위염으로 이럿틋 겁박ᄒ신니, 쳡의 신셰 광풍의 쎠러

23쪽

진 곳치라. 이제 고초[219]한 잣최 쥬츌망영[220]니온니, 원컨딕 상공은 쳐부 딕로 하소셔."

이 말를 듯고 술종[221]함을 깃거 쳔금을 어든듯하여 이날 딕년을 비셜[222] 하(더)라. 됴걸리 음악[223]니 과ᄒ여 만민니 도탄[224]의 들고, 소씨갓튼 졀기

---

211) 忠臣不事二君 烈女不敬二夫
212) 교태(嬌態). 아양을 부리는 태도.
213) 만단(萬端). 여러 가지나 온갖.
214) 음양지락(陰陽之樂). 남녀가 화목하게 지내는 즐거움.
215) 예문(禮文). 예법에 관하여 써 놓은 글.
216) 희색(喜色). 기뻐하는 얼굴빛.
217) 연광(年光). 젊은 나이.
218) 부유(浮遊). 물 위나 물 속, 또는 공기 중에 떠다님.
219) 고초(苦楚). 고난.
220) 주출망영(晝出魍魎). 낮도깨비.
221) 순종(順從). 순순히 따름.
222) 배설(排設). 연회나 의식(儀式)에 쓰는 물건을 차려 놓음.

를 불의로 힝한니, 구의산 세존니 쳔년 무근 구미호를 보니여 무궁한 변화
로 조걸를 희롱한들 거리 웃지 알리요.

일일른, 자시 소씨를 다리고 별당의 누엇던니, 밤을 지니여 앗참의 본니
소씨는 간딕읍고 자사의 싸리 품 가온딕 누억거날, 자시 딕경흐여 몸을 썰
치고 이러나며 하난 마리,

"고익코 고이하다 게화 웃지 여긔 누언는고?"

마리 맛지 못흐여, 소씨 박그로 드러오며 눈물을 흘여 왈,

"상공니 존후225)의 쳐하시고, 일국 뎡승니 빅씨되고, 부귀 혁혁226) 흐시거
늘, 아모리 음욕이 예를 가리온들 차마 웃지 이럿틋 윤긔227)를 모로난요?"
흐며 왈,

"첩

24쪽

이 상공을 뫼신지 슈이리228) 못흐여 이럿탓 비반흐신니 장차 누를 밋고
살이요. 차라리 쥬거 모로고져 흐나이다."
하며 눈물를 흘니거늘, 자시 정신을 진정흐여 고기를 슈기고 아모리 싱각흐
되,

'니 슐리 딕취흐여 닌사229)를 모로던가? 마음니 밋쳔난가? 이거시 꿈닌
가? 어졔 밤의 누어 잘졔 정영이230) 소씨로 더부러 동침흐역거늘, 게화 품

---

223) 은악(隱惡). 드러나지 아니한 악(惡)한 일.
224) 도탄(塗炭). 진구렁에 빠지고 숯불에 탄다는 뜻으로, 몹시 곤궁하여 고통스러
    운 지경을 이르는 말.
225) 높은 지위.
226) 혁혁(赫赫). 공로나 업적 따위가 뚜렷하다.
227) 윤기(倫紀). 윤리와 기강(紀綱)을 아울러 이르는 말.
228) '수일이'. 수일(數日). 두서너 날.
229) 인사(人事). 개인의 의식, 신분, 능력 따위에 관한 일. 또는 개인의 일신상에
    관한 일.

의 드럿순니 실노 아지 못하리로다.'

하며 소씨을 도라보○ 왈,

  "청천지하231)의 웃지 북그럽지 아니하리요. 소씨의 미흡한 정을 웃지 일신들232) 잇고, 굿타여 눈괴를 탕난233)하리요. 원컨딕 소씨난 입을 가리와 누셜치말나."

흔니, 소씨 딕답흐여 왈,

  "이졔 상고의 집 흥망이 실노 쳡의 입에 닌난지라. 바라건딕 상공언 쳡의 말를 드르시면 입을 닷고 누셜 안니하려니와, 듯지 안닛흐시면 이 마리 문박게 남미 조셕의 잇사오리다."

  자시 기

25쪽

용234) 답 왈

  "소씨의 마른 비록 슈하즁235)이라도 시힝236)할 거신이, 아지못게라 무삼 말리요?"

  소씨 왈

  "상공니 쳡을 사랑흐실진딕, 실닉237) 부인 유씨을 파흐고 쳡으로 정당238)을 삼아 평싱을 갓치함미 웃더한요?"

---

230) 정녕(丁寧). 조금도 틀림없이 꼭. 또는 더 이를 데 없이 정말로.
231) 청천지하(靑天之下). 맑은 하늘 아래.
232) '일시(一時)인들'. 한 때라도.
233) 탁란(濁亂). 사회나 정치의 분위기가 흐리고 어지럽다.
234) 개용(改容). 얼굴빛을 엄숙하게 고침.
235) 수화중(水火中). 물과 불을 아울러 이르는 말. 매우 곤란한 환경을 비유적으로 이르는 말.
236) 시행(施行). 실지로 행함.
237) 실내(室內). 남의 아내를 점잖게 이르는 말.
238) 정당(正堂). 한 구획 내에 지은 여러 채의 집 가운데 가장 주된 집채.

자시 이윽고 싱각ᄒ다가 가로딕,

"옛글레 조강짓쳐난 불하당니라239) 한니, ᄒ물며 나도 지상의 명망240)잇셔 만일 안희를 피ᄒ고 소씨를 뎡당으로 셰우면 실노 외닌의 우음얼 면치 못할지라. 아모리 소씨의 소청을 져바리기 어려오나 경니241) 허락지 못ᄒ니, 종차242) 싱각ᄒ리르"

한딕, 소씨 웃고 가로딕,

"옛날 왕교자도 그쳐 호씨를 폐ᄒ고 동쳡 심씨로 정당 삼아도, 부귀극진ᄒ고 남의 시비읍스며 자손이 만당ᄒ엿슨니, 상공니 만일 예졀를 도라보아 허락지 아니ᄒ오시면, 쳡은 홀노 이달나 ᄒ나이다."

자시 가로딕,

"왕교자의 쳐 호씨는 음ᄒᆞ니 과ᄒ기로 닉

26쪽

친 비라. 이난 칠거지죄243)를 범ᄒ여거이와, 유씨는 힝실리 정결하거늘 웃지 닉칠리요."

한딕, 소씨 씽그리며 품속으로 면경244) ᄒ나을 닉여 뵈며 왈,

"쳡니 어제 사벽의245) 부닌 침소의 드러간니, 부닌은 잠씨지 안니ᄒ고 엽희 면경니 익거날, 집어 자셔이 보니 ᄒ 귀 그리 잇셔 고니ᄒ기로 가져왓

---

239) 빈천지지 불가망(貧賤之知 不可忘) 조강지처 불하당(糟糠之妻 不下堂). 가난하고 천할 때 사귄 친구는 잊을 수 없고, 고생한 아내는 쫓아 낼 수 없다는 『資治通鑑』 권 40, 「漢紀」 32에 나오는 말.

240) 명망(名望). 명성(名聲)과 인망(人望)을 아울러 이르는 말.

241) 경(輕). 언행이 경솔하다.

242) 종차(從此). 이 뒤. 또는 이로부터.

243) 칠거지죄(七去之罪). 칠거지악(七去之惡). 예전에, 아내를 내쫓을 수 있는 이유가 되었던 일곱 가지 허물.

244) 면경(面鏡). 주로 얼굴을 비추어 보는 작은 거울.

245) '새벽에'

시니 보소셔."

ᄒ거늘, 자시 바다본니 과년 한 귀 글리 잇쓰되, 그 글의 ᄒ엿쓰되 '유화년 시호인년 반야금잉농금시'246)라 이글 쯧은 '버들곳 시연니 조흔 닌년이로다. 반야의 금쇠고리 월사를 희롱하도다.' ᄒ역거늘, 자시 고히 여겨 왈,

"이 면경니 웃지 부닌방의 잇쓰리요. 혹 근시247)하난 시비등니 녹코 간가 하노라."

소씨 왈,

"쳡이 비록 그른 못ᄒ오나, 그 글 쓰슬 살피온니 금잉이라 ᄒ난 사람이 유화년니라 ᄒ는 여자를 통간248)(한) 마리라. 혹 상공 부즁249)의 옥화연니 인는익가?"

ᄒ거날, 자시 싱각ᄒ니 부닌의 승언250) 유

27쪽

요, 일홈은 화년이라. 마음의 크게 의심ᄒ여 왈,

"부닌이 웃지 그리 ᄒ리요?"

쏘한 문호의 욕을 감츄고자 ᄒ여 짐즛 소거 왈,

"유화년을 늬 웃지 알니요? 그거시 반다시 시비 즁의 장난흔 거시라. 웃지 부닌을 의심하리요."

ᄒ더라.

잇썩는 병닌년 삼월 망간251)이라. 빗화 만발하고 월식이 휘황한듸, 자시

---

246) 柳花年時好因緣 半夜金鶯弄金砂
247) 근시(近侍). 웃어른을 가까이 모심.
248) 통간(通姦). 간통(姦通). 결혼하여 배우자가 있는 사람이 배우자가 아닌 사람과 성적 관계를 맺음.
249) 부중(府中). 높은 벼슬아치의 집안.
250) '성(姓)은'
251) 丙寅年 三月 뙬間. 병인년 3월 보름께.

동헌의 안잣다가 심신이 살난252)ㅎ여 쥭장을 집고 월ㅎ의 비회ㅎ여, 후원의 올나가셔 무심이253) 근일던니254), 문득 바라본니 쥭님255) 속의 무삼 잣(취) 익거눌, 고이ㅎ여 헤오딕

‘밤이 깁헛슨니 누가 이쓰리요?’

하고 몸을 감초와 가만이 엿본니, 사람 남녀 누엇스되 좌편은 유씨요 우편은 관로256) 금잉이라. 자식 일변 놀나며 심사 낭막257)ㅎ여 묵묵히 헤오딕,

‘소씨 쥬든 면경니 니안니 부닌의 긔물258)리(라). 금잉은 곳 관로 금잉이라. 쳔지간의 웃지 이런 변니 잇씨리요.’

절분259)한 마음니 불갓치 이러ᄂ 막딕를 드러 쥭임을 친니 소릭 요란흔

28쪽

지라. 두 사람니 놀나, 관로 금잉은 담을 너머 닷고260), 부닌 유씨난 안식이 엿토261)ㅎ여 고기를 슈기고 말를 못하거날, 자식 부닌을 꾸지져 왈,

“닉 벼살이 자사의 쳐ㅎ여 부귀 혁혁하거날, 무어시 부족하여 사부262) 규중의셔 이런 힝실를 하난요? 일젼 소씨 면경을 가져와 뵈며 왈 ‘부즁의 음힝이 잇다’ ㅎ되, 닉 고지 듯지 안니ㅎ고 소씨의 입을 막앗던이, 웃지 오날 닉 눈의 들킬 쥴 알이요. 맛당이 형벌을 베푸러 분을 풀고자 ㅎ되 문호

---

252) 산란(散亂). 어수선하고 뒤숭숭하다.
253) 무심(無心)하게. 아무런 생각이나 감정 따위가 없다.
254) ‘거닐던이’
255) 쥭림(竹林). 대나무 숲.
256) 관노(官奴). 관가에 속하여 있던 노비.
257) 낙망(落望). 희망을 잃음.
258) 기물(己物). 자기 소유의 물건.
259) 절분(切忿). 몹시 원통하고 분하다.
260) 빨리 뛰어가다.
261) 여토(如土). 흙빛과 같음.
262) 사부(士夫). 사대부(士大夫). 사(士)와 대부(大夫)를 아울러 이르는 말. 문무양반(文武兩班)을 일반 평민층에 상대하여 이르는 말.

슛치263)을 도라보아 안니 하거니와, 명일은 맛당이 늬치리라."

ᄒᆞ고, 별당의 도라와 소시를 보고 탄식ᄒᆞ여 왈,

"일젼의 면경 일른 늬 홀노 고지 아니 드럿던니, 간밤의 과년 부닌의 간사264)를 붓드러스니 웃지 통분치 아니ᄒᆞ리요. 명일른 부닌을 늬치고 그듸로 정당을 삼으리라."

ᄒᆞ니 소씨 고기를 슈겨 왈

"부닌의 죄상265)이 이러하오면 상공의 쳐분듸로 ᄒᆞ소서"

29쪽

하더라. 슬푸다, 구미호가 요슐를 부려 자사의 눈을 가리와 유씨 부닌을 봉욕266)시기니 뉘 알 지 잇스리요. 거년이267) 나리 발근니, 자시 분을 이긔지 못ᄒᆞ여 창두를 호령ᄒᆞ여 부닌을 ᄭᅳ러 문박게 늬친니, 부닌이 불의지변268)을 당하여 아무리 홀 줄 모로고, 다만 창두를 보아 왈,

"상공노애 웃지 이러ᄒᆞ신야? 실노 아지못하노라."

ᄒᆞ신듸, 그 즁 노창뒤269) 엿자오듸,

"소닌등270)도 곡절을 아지 못하오나, 샷쏘게옵셔 소씨의(게) 듸혹271)하여 반다시 정당을 삼고자ᄒᆞ여 이러틋 망영도이 부닌을 구박하신이 웃지 그 위념272)을 항거ᄒᆞ오리가"

---

263) 수치(羞恥). 부끄러움.
264) 간사(奸邪). 간교하고 바르지 않다.
265) 죄상(罪狀). 범죄의 구체적인 사실.
266) 봉욕(逢辱). 욕된 일을 당함.
267) 거연(遽然)히. 생각할 겨를이 없이 급하게.
268) 불의지변(不意之變). 뜻밖에 당한 변고.
269) 노창두(老蒼頭)가
270) 소인(小人). 신분이 낮은 사람이 자기보다 신분이 높은 사람을 상대하여 자기를 낮추어 이르던 일인칭 대명사.
271) 대혹(大惑). 크게 반함.
272) 위령(威令). 위엄이 있는 명령.

ㅎ며 눈무를 흘니거날, 부닌도 씌닥고 크게 북그러하며 이날 경성으로 올나
간이라. 자식 부닌을 닉치고 즉시 소씨로 정당을 삼은니 상하 노복이 다
북그러ㅎ더라.

　일일른 ㅈ사 공사273)를 파ㅎ고 나리져물미 소씨 침소의 드러가니, 소씨
발셔 침셕의 누억

30쪽

거늘, 자식 가로되,

　"밤이 아즉 초혼274)니여날 발셔 잠을 자는요?"

한니, 문득 윽더흔 사람니 소씨 겻틱 누엇다가 이러 안즈며 되즐275) 왈,

　"너는 웃더흔 사람니관되 안닌 밤의 션문276)읍시 직상 침소의 드러온다."

ㅎ고, 시비를 불너 촉을 발킨이, 좌편의도 죠걸리요 우편의도 조걸리라. 시
비등 되경ㅎ여 손벽치며 되부닌277)게 고ㅎ여 왈,

　"부닌은 소부닌 방의 사쏘 두 분니 인는인니다."

한니, 되부닌이 놀나 급히 가셔 본니, 과년 두 아드리 소씨 좌우의 안자셔
시비278) 분분279)하거날, 부닌이 놀나 자셰 보니 둘의 얼골리며 언어 동
장280)니며 의관니 츄호281)도 다르지 안니ㅎ거날, 되부닌이 놀나 정신니 아
득ㅎ여 아무리 할 쥴 모로더라. 실자식282) 부닌을 보고 엿자오되

---

273) 공사(公事). 공무(公務). 국가나 공공 단체의 일.
274) 초혼(初昏). 해가 지고 어슴푸레 땅거미가 지기 시작할 무렵.
275) 대질(大叱). 크게 꾸짖다.
276) 선문(先聞). 선성(先聲). 미리 보내는 기별.
277) 대부인(大夫人). 남의 어머니를 높여 이르는 말.
278) 시비(是非). 옳음과 그름.
279) 분분(紛紛). 소문, 의견 따위가 많아 갈피를 잡을 수 없다.
280) 동작(動作).
281) 추호(秋毫). 가을에 짐승의 털이 아주 가늘다는 뜻으로, 아주 적거나 조금인
　　것을 비유적으로 이르는 말.
282) '실자사(實刺史)가'

"소지 공사를 맛치고 소씨 방 드러오니 져 놈니 당도리 소씨를 다리고
누엇슨니 이런 변니 잇스올리가."
하며 분긔등등[283)

31쪽

하거늘, 가자시[284) 쏘 듸로ᄒᆞ여 가로듸
"소지 소씨의 신졍[285)이 미흡ᄒᆞ여, 출일[286)리 긴거슬 혐의[287)ᄒᆞ여 날 져
물기를 기다려 소시로 더부러 츠소의 누엇던니, 불의예 져 놈이 자층[288)
님자라 ᄒᆞ고, 지상 닉아[289)의 드러와 작희[290)ᄒᆞ온니, 니런 변니 잇사올릿
가."
하며 분긔 츙쳔[291)ᄒᆞ난지라. 듸부닌이 보시고 낙심ᄒᆞ여, 소씨다례 왈
"네 방의셔 난 변니이 네 실노 알지라. 가부[292)를 자셰니 가리르."
하신듸 답ᄒᆞ여 왈
"쳡의 촉ᄒᆞ의 침질[293)를 시작ᄒᆞ옵던이, 져긔 안즌 삿쏘 먼져 드러와 취침
을 직촉하시기로 즉시 촉을 물니고 누엇삽던니, 여긔 안즌 사쏘 드러와 잇
쓰미, 쳡니 촉ᄒᆞ를 발키고 양닌을 보오니 누를 사쏘라ᄒᆞ오며 [누를 사쏘라
ᄒᆞ오며] 누를 안니라 ᄒᆞ리요. 쳡도 실노 아지 못하옵나이다"
ᄒᆞ거날, 부닌 크게 탄식ᄒᆞ여 왈,

---

283) 분긔등등(憤氣騰騰). 분한 마음이 몹시 치밀어 오름.
284) '가자사(假刺史)가'
285) 신졍(新情). 새로 사귄 정.
286) 출일(出日). 떠오른 해.
287) 혐의(嫌疑). 꺼리고 미워함.
288) 자칭(自稱). 자기 자신을 스스로 일컬음.
289) 내아(內衙). 조선 시대에, 지방 관아에 있던 안채.
290) 작희(作戲). 방해를 놓음.
291) 분기충천(憤氣衝天). 분한 마음이 하늘을 찌를 듯 격렬하게 북받쳐 오름.
292) 가부(可否). 옳고 그름.
293) 침(針)질. 바느질.

"닉 아들은 빅꼽 밋희 불근 졈이 닌난

32쪽

이 일노 맛당이 증험294) ᄒ리라."

하고, 오슬 버스라295) 하신니, 두 자식 일시의 오슬 벗거날, 보니 양닌이 쏘한 츄호도 다름이 음난지라. 부닌이 황황296)하여 헤오딕,

'유부297)는 올이릭'

허고, 긔별298)ᄒ니릭. 유부닌이 소식을 듯고 쏘한 놀닉여 즉시 발힝299)ᄒ여 와셔 보니, 과년 천고의 업난 변니여날, 가자식 부닌을 보고 눈을 부릅쓰고 꾸지져 왈,

"몸의 두러론300) 힝실노 닉친 빅 되여거날, 무삼 면복으로 다시 닉집의 드러오난다."

하며 분긔충천ᄒ여거늘, 유씨 오즉 무안301)ᄒ여 물너나더라. 틱부닌이 황황급급302) 비장303) 됴틱를 불너 왈,

"이 일을 장차 웃지ᄒ리요?"

하신딕, 됴틱 한 계교304)를 싱각ᄒ고 가로딕,

"이졔 두 자식 동헌의 안고 빅셩으로 송사305)를 시기면, 닉 맛당이 우리

---

294) 증험(證驗). 실지로 사실을 경험함. 또는 증거로 삼을 만한 경험.
295) '옷을 벗으라'
296) 황황(遑遑). 갈팡질팡 어쩔 줄 모르게 급하다.
297) 유부(柳婦). 유씨 부인
298) 기별(奇別). 다른 곳에 있는 사람에게 소식을 전함. 또는 소식을 적은 종이.
299) 발행(發行). 길을 떠나감.
300) '더러운'
301) 무안(無顔). 수줍거나 창피하여 볼 낯이 없음.
302) 황황급급(遑遑急急). 매우 황급하다.
303) 비장(裨將). 조선 시대에, 감사(監司)·유수(留守)·병사(兵使)·수사(水使)·
     견외 사신(遣外 使臣)을 따라다니며 일을 돕던 무관 벼슬.
304) 계교(計巧). 요리조리 헤아려 보고 생각해 낸 꾀.

삿쏘를 가리리로다."

하고, 두 자사를 동헌의 안치고 송민306)을 들나 분부한니, 송민이 드러와 고ᄒ여 왈,

　"소닌 농우307)을 두어삽

33쪽

　던니 즁틔308)ᄒ다가 졀각309)되옵기로 알외나이다"

ᄒ거날, 실자사 심즁의 헤오딕,

　'닉 일즉 빅셩을 악한 형벌노 직물을 과이[과이] 탐ᄒ엿던니, ᄒ날리 무니310) 여기사 이런 변을 당ᄒ니, 닉 읏지 다시 그릇 고사311)를 쳬결하리요.'

ᄒ며, 공사ᄒ여 왈,

　"그 소 님의312) 바릴진딕 즉시 퇴우313)ᄒ여 그 돈으로 딕신 셰워게ᄒ라."314)

하니, 가자사 쏘 공사ᄒ여 왈,

　"그 소 님의 바려슨니, 두피315)와 심육316)은 관가로 밧치고, 나문 고기ᄂ 님자 차지ᄒ라."

한니, 그 빅셩이 누셔를 가리지 못하고 나가더라. 됴틔 가로딕,

　"우리 노야 알지라. 이졔 두피와 심육을 관가로 밧치라 ᄒ난 자ᄂ 우리

---

305) 송사(訟事). 백성끼리 분쟁이 있을 때, 관부에 호소하여 판결을 구하던 일.
306) 송민(訟民).
307) 농우(農牛). 농사일에 부리는 소.
308) 意味不詳. 준토(浚土)일 듯.
309) 절각(折脚). 다리가 부러짐. 또는 그 다리.
310) 뮈이. 밉게.
311) 공사(公事).
312) '이미'
313) 意味不詳. 퇴우(退牛)일 듯.
314) 소를 도살하여 그 고기를 팔고, 그 돈으로 밭갈이를 하라는 의미인 듯.
315) 두피(肚皮). 뱃살. 배를 싸고 있는 살이나 가죽.
316) 심육(心肉). 등심. 소나 돼지의 등뼈에 붙은, 기름기가 많고 연한 고기.

노야라. 웃지 다시 에심317)하리요."

무사을 호령ᄒ여 실자사를 자바닉여 결박ᄒ여 쑬이고 형초할시, 됴틱 왈,

"요망흔 사귀318)가 능히 사람을 침노319)하리요. 사불범졍320)이라."

ᄒ고, 나졸을 호령하여 무슈이 달초321)하

34쪽

니, 유혈리 낭자한지라. 실자시 긔졀ᄒ엿다가, 이걸 왈,

"됴틱, 됴틱는 날 살여라. 닉 과년 참자사라. 웃지 이딕지 몰나 보난요."

ᄒ며 딕셩토곡하거날, 가자시 됴틱를 도라보아 왈,

"저 놈이 귀신 즁의 극히 픠안322)흔 놈이라. 엄영지ᄒ323) 종시 굴복 아니

ᄒ니, 그 놈 코의 짓물 부으면 반다시 항복하리라."

ᄒ니, 올히 여겨 그 놈을 달고 짓물를 코의 부은니, 실자시 호흡을 통치

못하고 입으로 짓물을 토하며 졍신을 차려 왈,

"됴틱야, 날 살여라."

ᄒ니, 가자시 쏘 가로딕,

"그 놈이 그리ᄒ여도 종시 항복 안니 ᄒ이,"324)

엄나무 발의 쌋셔 너른 마당의 궁글닌이325) 유혈리 능장326)한지라. 가자

시 쏘 가로딕,

---

317) 의심(疑心). 확실히 알 수 없어서 믿지 못하는 마음.
318) 사귀(邪鬼). 요사스러운 귀신.
319) 침노(侵擄). 성가시게 달라붙어 손해를 끼치거나 해침.
320) 사불범정(邪不犯正). 바르지 못하고 요사스러운 것이 바른 것을 건드리지 못
    함. 곧 정의가 반드시 이김을 이르는 말.
321) 달초(撻楚). 닦달하거나 문초함.
322) 포악(暴惡). 사납고 악함.
323) 엄령지하(嚴令之下). 엄한 명령이나 호령을 내림.
324) 필사과정에서 내용이 누락된 부분. 가자사의 발언은 뒷 문장 내용일 것임.
325) 궁굴리다. 어떤 사물을 이리저리 굴리다.
326) 낭자(狼藉). 여기저기 흩어져 어지럽다.

"가마의 기름을 씌리고 그 놈을 너흐라."

하니, 실자시 기름솟 안의 안져 흐난 말리,

"됴틔야 나를 살여라. 쓰거워 죽글지라."

가자시 쏘 가로듸

"문의박327) 칠 씍는 코궁게 짓물을 두려흐여 은자 쳔

35쪽

양 밧치고, 사공328)의 뎡호슈329)는 엄나무 발 두려흐여 소금 쳔셕 밧치고, 셩늬330) 이달복331)은 코버힐가 염여흐여 빙목 십동 밧치고, 셩외332)의 김일호333)는 눈쌔질가 두려흐여 게란 쳔긔 밧쳣슨니, 이놈 조걸아 너도 살고 습거든 이 직무를 다 밧치면 기름솟츨 면흐리라."

한듸. 조거리 그졔야 늬렴의 헤오듸

'이 허물리 다 늬몸으로 좃차 난비라. 늬웃지 모로리요. 싱각건듸 어즌 신영334)이 와셔 늬 허물를 크게 씌닷게 하심이로다.'

흐고 이의 손을 모아 우러러 익결흐여 왈,

"됴결리 일즉 어두어 하날 늑고335) 쌍이 둣터온 쥴반 아읍고, 마리 나자도336) 흐날리 든난 쥴을 씌닷지 못하고, 마리 읍셔도337) 귀신이 든난 쥴를 아지 못하온니, 과년 빅셩의게 표학흐여 쥰민곳틱을 만니338) 흐여사온니,

---

327) 人名.
328) 地名.
329) 人名.
330) 地名.
331) 人名.
332) 地名.
333) 人名.
334) 신령(神靈). 무당이 몸주로 받아들인 신.
335) '높고'
336) 말소리가 낮아도.
337) 말이 없어도.

복걸339) 존영은 관후340)하오신 마음으로 허무를341) 사하옵시고 가마의 죽기를

36쪽

면케 하오시면, 쎠를 가라 은덕을 갑사올리다. 십분 용셔하오 사군짓충342)과 이민지졍을 극진이 하올리다."

하며 무슈니 익걸하거늘, 그졔야 가자시 웃고, 됴걸를 당의 올여 안치고, 좌편 팔의 여달 글자를 사겨씨되 '사군갈충343)하고 시민여자344)라' 흐고, 닌흐여 구귀의345) 오던니, 문득 딍풍이 이러나며 사방으로 거문 구름이 두르며 뇌셩병역346) 요란하고 무지기 동으로 이러나더이, 구미호 구름얼 헛치고 무지기를 타고 올나간지락. 됴걸 하나는 업고 참조걸이 셕상347)의 누어 신음하거늘, 모부닌과 유씨 모든 시비로 일시의 나와 긔후348)를 뭇고 크게 분분349)하더라. 자시 우년 탄왈,

"쳰되 무심치 안니흐도다."

닌하여 곽독350)의 글을 보고, 이날붓터 기과쳔션351)흐여 님군을 충의로 셤기고 빅셩을 자식갓치 보더라. 시비 최션이 급피 나와 엿자오딕,

---

338) '많이'
339) 복걸(伏乞). 엎드려 빎.
340) 관후(寬厚). 마음이 너그럽고 후덕함.
341) '허물을'
342) 사군직충(事君直忠). 임금 섬기기를 충성으로써 함.
343) 事君竭忠. 임금을 섬김에 충성을 다함.
344) 視民如子. 백성을 자식처럼 여김.
345) 구귀(九句)의. 아홉번째 글자에.
346) 뇌성벽력(雷聲霹靂). 천둥소리와 벼락을 아울러 이르는 말.
347) 석상(席上). 누구와 마주한 자리. 또는 여러 사람이 모인 자리.
348) 기후(氣候)=기체(氣體). 몸과 마음의 형편.
349) 분분(紛紛). 떠들썩하고 뒤숭숭하다.
350) 팔뚝의 誤記.
351) 개과천선(改過遷善). 지난날의 잘못이나 허물을 고쳐 올바르고 착하게 됨.

"소부닌 방의 부인은 읍고 여복 한 벌만 노년느이다."

하니, 자시

37쪽

그제야 씨쳐 싸로딕,

"왕빈의 부닌은 닌간352) 사람이 아니로다. 닉 불의를 힝흐여 소씨를 다려 왓던이, 소씨 덕힝이 잇셔 하나리 구미호을 보닉여 나의 강악353)하물 씻치게 하심이로다. 슬푸다, 소씨 영감354)은 사람니 층양치 못하리로다."

자시 이튼날 지게355)하고, 빅셩의게 열가지 법을 식로 닉여 과자356)를 힝하니, 그 법의 '빅셩으로 흐여금 농사를 힘쓰라하고 부모게 효도하고, 형제의 우익흐며 친척의 화목하고, 유리357)하난 빅셩은 관가로 구졔흐고, 빅셩 젼답의 집복358) 과이 말고, 셩쳔표략359)의 허목360) 물이지 말고, 환과고독은 관가로 구졔하고, 호한361) 흔 빅셩이 궁민을 침학하넌 지 잇거던 엄형원찬362)하고, 싱익363)을 바리고 박혁364)을 일삼아 부모를 도라보지 안난 자면 엄치흐여 민간의 우셰식키고, 젹한365)을 잡거든 첫참하고, 만일 빅셩 즁

---

352) 인간세상
353) 강악(强惡). 억세고 모질다.
354) 영감(靈鑑). 신불의 영묘한 보살핌.
355) 재계(齋戒). 종교적 의식 따위를 치르기 위하여 몸과 마음을 깨끗이 하고 부정(不淨)한 일을 멀리함.
356) 관자(關子). 관문(關文). 조선 시대에, 동등한 관부 상호 간 또는 상급 관부에서 하급 관부로 보내던 공문서.
357) 유리(流離). 유리걸식(流離乞食). 정처없이 떠돌아 다니며 빌어먹음.
358) 집복(執卜). 지난날, 벼슬아치가 농사 작황을 답사하여 조세를 매기던 일.
359) 성천포락(成川浦落). 논이나 밭 따위가 냇물에 스쳐 떨어져 나감.
360) 허복(虛卜). 땅을 가지지 못한 사람이 공연히 물던 조세.
361) 호한(豪悍). 매우 사납다.
362) 엄형원찬(嚴刑遠竄). 엄하게 형벌하여 먼곳으로 귀양보냄.
363) 생애(生涯). 생활을 위한 사업.
364) 박혁(博奕). 장기와 바둑.

효도하고 학업을 심쓰난 자면 나라의 표게하리라.' 하엿더

38쪽

라. 이러무로 형쥬 빅셩이 틱평가를 불너 왈,

"우리 사쏘 이번 풍파를 지난 후 현닌군자 죄엿슨니, 깃부지 안니하리요 하리요."

하더라.

각셜 잇찌 소부닌이 여러날만의 구의산의 드러가니, 산세 웅장하고 경기 절승한 즁, 쥬란환각366)은 반고367)의 소사잇고 청학 빅학은 송쥭의 깃드리고, 봉황 공작은 운소368)의 왕닉하더라. 모든 여승니 부닌을 마자 사례하여 왈,

"부닌의 놉흔 은혜로 소승의 졀리 이럿틋 빈나온니, 만세의 큰 공을 딕강이나 갑흘가 하와 세존게옵셔 부닌을 이리 닌도하심이나 도로혀 황공하여이다."

부인이 답예하고 가로딕,

"여간 직물노 큰 닌사를 바든니 웃지 북그럽지 안니하며, 하물며 날갓튼 초초369)한 닌싱이 셩문370)의 이우371)를 깃친이 웃지 불안치 안니하리요."

한딕, 여러 즁이 머리를 조아 사례하더라. 잇튼난 부니이 직게하고 불젼의 예비하고, 다시 향촉을 갓초아 틱슈를

---

365) 적한(賊漢). 흉악한 도둑놈.
366) 주란화각(朱欄畵閣). 단청을 곱게 하여 아름답게 꾸민 누각. 주루화각(朱樓畵閣).
367) 반공(半空). 반공중(半空中)의 준말. 반공중(半空中). 그리 높지 않은 공중
368) 운소(雲宵). 구름 낀 하늘.
369) 초초(悄悄). 근심으로 시름겹다.
370) 셩문(聲聞). '부처의 음성을 들은 이'라는 뜻으로 불제자를 이르는 말.
371) 이우(貽憂). 남에게 근심과 걱정을 끼침.

위ᄒ여 불공하시니라. 딕시 부니을 위ᄒ여 별당의 침소를 중하여 펴니 것쳐 하시게 하더라.

일일은 부니이 딕사더러 무러 왈,

"화셩셔 쎠나올딕, 구미호를 모라 학사딕으로 보닉기난 웃지혼 곡졀이신익가?"

딕사 웃고 가로딕,

"형쥬 자사 표학ᄒ여 쥰민곳틱372) ᄒ기로, 구미호를 보닉여 죠걸를 희롱하게 ᄒ여나이다."

부닌 왈,

"그러하면 웃지 소학사딕으로 보닉엿삽난익가?"

딕사 왈,

"됴걸이 부닌의 자식을 듯고, 모일의 흉도373)를 보닉여 부닌을 겁탈고자 ᄒ기로, 소승니 부닌을 뫼셔 이리온 바요, 학사게 고치말나 한 일른, 구미호로 부닌의 형용을 지어 됴걸을 소긴 비로소이다."

하거날, 부닌이 이 바를 드르믹 마음이 씰니더라.

잇썬난 병닌 사월리라.374) 부닌이 잉틱하신지 십사삭375)의 비로소 몸이 괴로오시던이, 이윽고 향긔 두르며 아기를 탄싱ᄒ니 일기 긔남자376)라. 시비 노졈으로 향슈를 드러 아기를 식기

---

372) 준민고택(浚民膏澤). 재물을 마구 착취하여 백성을 괴롭힘.
373) 흉도(凶徒). 사납고 흉악한 무리.
374) 丙寅年 四月.
375) 14개월.
376) 기남자(奇男子). 재주가 뛰어난 사내.

고, 삼일 후의 딕시 드러가 아기를 보니 탐탐377)하여 딕찬378) 왈,

"장하다, 이 아기여. 옛날 졔요 도당씨379)도 십사삭만의 탄싱ᄒ엿다 하던니 셩군380)니 되시고, 공부자381)는 슈슈과슬382)하신이 셩니383)이 되시고, 한틱조384) 유방385)은 융쥰용안386)으로 만승천자 되엿슨이, 오, 호호희희387)라. 일국보닉난 이 아기로다."

하고 몬닉 층찬한니, 부닌이 희식을 씌고 가로딕,

"딕사는 실노 쳔신이라. 처음의 틱긔 잇다 ᄒ시되, 밋지아니ᄒ엿던이 과년이요. 남자라 ᄒ시던이, 과년 싱남ᄒ니, 딕사의 명강은 귀신도 밋지 못하리로다."

쏘 가로딕,

"몽중의 월광보살이 명쥬를 쥬시며 이리이리 하시던이, 이졔 아희보니 쳡도 실노 범상치 안니ᄒ여이다."

하니, 딕사 왈,

---

377) 탐탐(耽耽)하다. 마음에 들어 매우 즐거움.
378) 대찬(大讚). 크게 칭찬함. 또는 큰 칭찬.
379) 도당씨(帝堯 陶唐氏, ?~?). 중국 오제(五帝)의 한 사람인 요(堯)를 이르는 말. 처음에 당후(唐侯)에 봉해졌다가 나중에 천자(天子)가 되어 도(陶)에 도읍을 세운 데서 유래.
380) 성군(聖君). 어질고 덕이 뛰어난 임금.
381) 공부자(孔夫子). '공자'를 높여 이르는 말.
382) 수수과슬(手首過膝). 손을 내리면 무릎을 지남.
383) 성인(聖人)
384) 高祖의 誤記.
385) 중국 한(漢)나라의 제1대 황제(B.C.247~B.C.195). 성은 유(劉). 이름은 방(邦). 자는 계(季). 시호는 고황제(高皇帝). 고조는 묘호. 진시황이 죽은 다음해 항우와 합세하여 진(秦)나라를 멸망시킴. 그 뒤 해하(垓下)의 싸움에서 항우를 대파하여 중국을 통일하고 제위에 오름. B.C.206년부터 B.C.195년까지 재위.
386) 융준용안(隆準龍顔). 司馬遷『史記』「高祖本紀」에 나오는 한고조의 얼굴묘사. '융준'은 콧대가 우뚝 솟은 것을 말하고 '용안'은 얼굴 형태가 용처럼 생겼다는 뜻.
387) 호호희희(好好喜喜). 좋고도 좋구나, 기쁘고도 기쁘도다.

"이 아기 상388)을 보오니, 평시의 낫스면 셩닌군자 될거시요 난시389)의 낫쓰면 듸장군 인슈390)를 찔지라. 긔운니 쳔ᄒ의 덥히리다. 웃지 범연타 ᄒ리요."

하니, 부닌이 깃거하여

41쪽

일홈을 능이라 하고, 자는 응쳔이라 하시다.

각셜 승상 됴학이 형셰를 밋고 국가 고단함391)을 보고 영모392)의 뜻시 날노 급ᄒ여, 별궁얼 짓고 듸자로 써서 붓쳣스니 강황젼393)이라 하고 용문셔394)의 칠셩395)을 그려 안고 가로듸,

"쳔하 닌심이 닉몸의 드러온 직 십상팔구396)라. 웃지 하나리 명을 쥬신 비 아니리요. 도라오난 쎡를 박지397) 아니하면 도로혀 앙화398)되난이 왕후장상니 웃지 씨가 잇쓰리요."

이날붓터 조사399)의 참엿치 안니하고, 가황젼의 안자 듸소사를 자단400) 쳬결401)한니. 오호라, 듸명 사빙년 사즉402)이 한젹403) 왕밍404)의 슐법의 쎠

---

388) 상(相). 관상에서, 얼굴이나 체격의 됨됨이.
389) 난시(亂時). 세상이 어지러운 때.
390) 인수(印綬). 인(印)끈. 병권(兵權)을 가진 무관이 발병부(發兵符) 주머니를 매어 차던, 길고 넓적한 녹비 끈.
391) 일이 꼬여서 사정이 딱함.
392) 역모(逆謀). 반역을 꾀함. 또는 그런 일.
393) 이후에는 가황전으로 나오는 것으로 보아, 가황전의 誤記인 듯.
394) 용문석(龍紋席). 용의 무늬를 놓아 짠 돗자리.
395) 북두칠성(北斗七星)
396) 십상팔구(十常八九). 열 가운데 여덟이나 아홉이 됨. 거의 다 됨을 가리키는 말. 십중팔구(十中八九). 십상(十常).
397) '반지'의 誤記.
398) 앙화(殃禍). 어떤 일로 인하여 생기는 재난.
399) 조사(朝仕). 예전에, 벼슬아치가 아침마다 으뜸 벼슬아치를 뵙던 일.
400) 자단(自斷). 스스로 딱 잘라 정함.

러질 쥴을 웃지 듯ᄒ엿스리요.

잇ᄢ, 황티후 티자를 다리고 황극젼의 게시다가 우승상 졍쥰을 보시고 왈,

"근내 시졀리 화ᄒ여난가 조졍의 이리읍슨니 웃지한 년고요?"

졍쥰니 엿자오되

"승상 조학니 쥬공405)의 덕을 힝ᄒ기로 닌민니 화ᄒ여 국가의 이리 음난 가406)

42쪽

하나이다."

한니, 티후 드르시고 의의407)하시니, 티자 졍쥰을 도라보시고 가로되,

"요슌갓튼 셩덕으로도 조졍의 이리 익고, 션왕의 위염으로도 국가의 일이 있셔쩌든, 하물며 짐이 어리고 티후 셥졍408)ᄒ오신이 국가의 이리 한갓 션왕ᄱ 쑨이랴. 반다시 알괘라. 조신즁의 다른 ᄯ 두난 지 잇슨이 바로 아뢰라."

하시이, 졍쥰니 오즉 황공하여 한츌쳠빅409)하오되, 승상의 위염을 두려ᄒ

---

401) 처결(處決). 결정하여 조처함.
402) 사직(社稷). 한 왕조의 기초. 옛날 천자가 건국하였을 때 제사 지내는 토신(土神)과 곡신(穀神).
403) 한나라 때. 왕맹이 전진의 재상이므로, 진(秦)의 誤記일 듯.
404) 왕맹(王猛, 325년~375년). 자(字)는 경략(景略)이고 북해군(北海郡) 극현(劇縣) 출신. 오호십육국 시대 전진(前秦)의 승상이자 대장군이며 저명한 정치가, 군사가.
405) 주공(周公, ?~?). 중국 주나라의 정치가. 문왕의 아들로 성은 희(姬). 이름은 단(旦). 형인 무왕을 도와 은나라를 멸하였고, 주나라의 기초를 튼튼히 함.
406) '일이 없는가'
407) 의의(疑意). 의심을 품은 뜻.
408) 섭정(攝政). 임금을 대신하여 정치함. 또는 그 사람.
409) 한출첨배(汗出沾背). 부끄럽거나 무서워서 흐르는 땀이 등을 적심.

여 감이 바로 아뢰지 못하더라. 잇쩍, 틱자의 나히 십일셰라. 비록 어리시나 총명하오셔 잇싸곰 하시난 말삼이 사람을 놀닉시더라. 틱후 정쥰얼 물니쳐 왈,

"조정은 선왕의 조정이라. 경등은 삼가 충절을 다ᄒ여 국가를 밧들나."

ᄒ시더라. 형쥬자사 조거리 치민410)이 날노 착ᄒ여, 빅셩이 격양가411)를 부른니 니른바 긔과쳔션이라ᄒ다. 승상 조학이 불의412)두난 줄을 알고 크게 근심하여 경셩의 올아가셔 승상을 보고 조용니

43쪽

말ᄒ여 왈,

"옛날 곽광413)은 충절리 지극하니 그 임군 쥬공니 곽광의게 틱소사를 믹기여 황자의 보익을 힝케ᄒ신이, 곽광이 그 쓰슬 바다 충절를 다하여 국가를 편게하미 쳔하 다 층찬하온지라. 이졔 승상이 쥬석지신414)이 되여 쓷지 변하여 가호415)를 가황젼이라 하고, 안즌자리의 칠셩을 이루고 국가 범사를 홀노 쳐결하오니, 니거시 웃지 한나라 시절의 왕밍의 유풍416)니 아니라 이르리요. 사졔417)는 두리건듸 쳔하의 큰 시비 잇슬가 하나이다."

---

410) 치민(治民). 백성을 다스림.

411) 격양가(擊壤歌). 풍년이 들어 농부가 태평한 세월을 즐겨서 부르는 노래.

412) 불의(不義). 의리·도의·정의에 어긋남.

413) 곽광(藿光, ?~BC 68). 중국 전한(前漢) 때의 대신. 자는 자맹(子孟). 하동(河東) 평양(平壤 : 지금의 산시[山西] 린펀[臨汾] 서남쪽) 사람. 무제(武帝) 때 봉거도위(奉車都尉)와 광록대부(光祿大夫)를 지냄. 무제가 죽고 소제(昭帝)가 8세에 즉위하자, 상관걸(上官桀)·상홍양(桑弘羊)과 함께 무제의 유언을 받들어 어린 소제를 보필하며 모든 정치를 도맡음.

414) 주석지신(柱石之臣). 나라에 없어서는 아니 될 가장 중요한 신하. 사직지신(社稷之臣).

415) 가호(家號). 택호(宅號). 집주인의 벼슬 이름이나 처가나 본인의 고향 이름 따위를 붙여서 그 집을 부르는 말.

416) 유풍(遺風). 후세까지 남겨진 교화(敎化).

승상이 이 말을 듯고 씽긔며[418] 왈

"곽광이 충셩을 다ㅎ여 나라를 셤기며 쳔하의 뜻을 살핀 바요, 왕밍은 찬녁[419]하다가 화를 닙은 바난 쳔ㅎ 닌심을 살피지 못한 빈라. 이졔 명국 운슈 진ㅎ여[420] 틱자 어듭고 쳔ㅎ 닌심이 거의 다 뇌몸의 기우려졋스니 웃지 하나리 안니리요.[421] 시호시호[422] 엇써 두 번 도라오지 아니ㅎ나니, 현졔[423]는 모로미 힘을 다ㅎ여 형의 듸사를 드으라."

하니, 조거리 이 마를 듯고 눈물얼

44쪽

흘여 왈,

"틱명이 아즉 운슈 장원[424]하거늘, 승상이 만일 고집을 셰워 망영[425]된 일을 힝ㅎ실진딕, 사졔 웃지 집을 도라보아 국가를 돕지 아니ㅎ리요."

하며 분긔딕발[426]하거날, 승상이 딕로 왈,

"하나리 나를 명하사 쳔하 만민을 구하심이여날, 네 웃지 요망한[427] 말노 뇌 뜻즐 항거[428]하나요. 만일 일향[429] 거역ㅎ면 법으로 힝ㅎ리라."

하거날, 조걸이 그 뜻을 항거치 못할 줄 알고 거즛 머리를 조아(려) 물너난

---

417) 사제(舍弟). 편지 등에서, 아우가 형에게 자기를 일컫는 말.
418) '얼굴을 찡그리며'
419) 찬역(簒逆). 왕위(王位)를 빼앗으려고 반역함.
420) '명나라 운세가 다하여'
421) '하늘의 뜻이 아니리요'
422) 時乎 時乎.
423) 현제(賢弟). 아우뻘 되는 사람에 대한 존칭.
424) 장원(長遠). 끝없이 길고 멀다.
425) 망령(妄靈). 늙거나 정신이 흐려서 말과 행동이 정상을 벗어난 상태.
426) 분기대발(憤氣大發). 분한 마음이 크게 일어남.
427) 요망(妖妄). 요사스럽고 망녕됨.
428) 항거(抗拒). 순종하지 않고 맞서서 대항함.
429) 일향(一向). 한결같이. 꾸준히.

이다.

　잇쎄, 만조빅관[430]니 다 조학의 간신이 되엿쓰되, 병조좌랑 셔계슉이 츙졀리 지극하여 승상의 불의를 믹양[431] 발각코자 ᄒ나 독장난면[432]이라, 한탄할 분[433]일너라. 조거리 임의 셔게슉의 츙졀를 드른 빅라. 게슉의 집의 이르러 조용이 말ᄒ여 왈,

　"승상의 뜻시 오작 급한지라. 늬 맛당이 츙졀을 다ᄒ여 딕군을 거나려 셩을 둘너 엄습[434]할 거시이, 그딕는 쎄를 일치말고 늬응[435]하여 이리이리 하라."

하니, 게슉이 자사의 소믹를 잡고

45쪽

눈물을 흘여 왈,

　"그딕 쓰지 이 갓틀 쥴 읏지 아라스리요? 부자 형제간의 사람이 말를 못할지라. 이졔 딕의를 도라보아 큰일을 힝할진딕 읏지 감이 쎄를 어긔리요."
ᄒ며, 빅마을 잡아 밍셰하고[436] 모월 모일노 긔약을 졍ᄒ고, 자시 형쥬로 간이라.

　각셜 왕빈니 빅운산 노옹으로 더부러 셰월을 보닉던니, 일일은 한 소년이 의복은 남누하나 얼고이 단졍ᄒ지라. 졀에 드러와 하로 유슉하기를 쳥ᄒ거날, 왕빈이 가로딕,

　"형니[437] 어딕 잇쓰며 성명은 뉘라 ᄒ난요?"

---

430) 만조백관(滿朝百官). 조정의 모든 벼슬아치. 만정제신(滿廷諸臣). 만조(滿朝).
431) 번번이. 언제든지. 늘.
432) 독장난명(獨掌難鳴). 고장난명(孤掌難鳴). 혼자서는 일을 이루기가 어려움.
433) '뿐'의 誤記
434) 엄습(掩襲). 불시에 습격함. 엄격(掩擊).
435) 내응(內應). 내밀히 내부에서 적과 통함.
436) 중대한 맹세를 할 때 흰말을 잡아 제사를 지내고 그 피를 서로 입술에 바르는 일을 말함.

소년 왈,

"싱이 살기는 화셩 잇삽고, 셩명은 자슐리로소이다."

틱쉬 반겨 왈,

"화셩 잇스면 소학사집을 아나요?"

슈리 왈,

"싱이 소학사를 익이 아나니, 존공은 웃지 아르시고 문난익가?"

틱쉬 왈

"소학시 년젼의 광능을 지니다가 산슈를 탐ᄒ여 이곳의 와셔 유슉하여씨로 자년이 친하여 문노라."

ᄒ니, 슈리 왈,

"학사 존후438)난 아즉 무양439)ᄒ시고 그 질여를 일코 미양

46쪽

스러ᄒ던이다."

틱쉬 닉렴의 놀나 왈,

"학시 웃지 그 질여를 이르요?"

슈리 왈,

"소시 왕빈 죽은 후로, 형주자사 조거리 그 직덕을 흠모ᄒ여 모월 모일의 겁박ᄒ여 간나이다."

ᄒ거늘, 틱슈 이마를 듯고 간장이 쎠러지난 듯 마를 못ᄒ다가 가로듸,

"소시 지금 형쥬 부즁의 인난가?"

슈리 탄 왈,

"싱이 년소하오나 쳔지간의 괴괴난측440)한 일을 보앗나이다. 소씨 형쥬

---

437) 사형
438) 존후(尊候). 주로 편지 글에서, 남의 건강 상태를 높여 이르는 말.
439) 무양(無恙). 몸에 병이나 탈이 없음.

부중의 드러가 오릿지 아니ᄒᆞ여 자사의 집이 거의 망케 되엿나이다."

틱슈 왈,

"웃잔 년고요?"

슈리 왈,

"자사 마음이 변ᄒᆞ여 그 ᄯᆞᆯ노 더부러 닌눈을 탕난ᄒᆞ고, ᄯᅩ 그 안ᄒᆡ 유씨호련 음힝으로 좌죄[441]하여 닉치고 소씨로 졍당을 증하엿던니, 자싀 변ᄒᆞ여 몸이 두리 되여 이리이리 ᄒᆞ여 거의 쥭게 되엿던이ᄃᆞ."

하거날, 틱쉬 더옥 의심ᄒᆞ여 헤오ᄃᆡ,

'부닌이 일즉 요슐 비운 비 읍거날 웃지 이러한고? 혹 귀신이 되여 그리ᄒᆞᆫ가? 하나리 됴걸를 미워 여겨 변을 쥬신가? 이 사름이 허언[442]을

47쪽

조아하여 사람을 소기는가? 부닌의 ᄯᅳᆺ을 헤아리니 그 마음니 철셕갓튼지라. 됴거리 비록 다려갓셔도 반다시 쥭을지라. 쥭어 영혼니 그러한가?'

의혹니 만단[443]ᄒᆞ여 식음을 젼폐하더라. 자슐이 도라간 후의 노옹니 가로ᄃᆡ,

"구의산 세존이 아라게신이 웃지 부닌을 안니 구하엿스리요. 틱슈난 염여말나."

ᄒᆞ시이, 틱쉬 마음을 노은나 날노 과렴[444]하더라. 원닉 자슐리 소씨를 조걸의게 쳔거ᄒᆞ고, 맛참 그 변니 나미 죄 이불가 두려워ᄒᆞ여 도망하(여) 산즁의 쳐ᄒᆞ니라.

잇ᄯᅢ 형쥬자사 됴거리 졍병[445] 오만을 거나리고 바로 경셩을 두르니, 셔

---

440) 괴괴난측(怪怪難測). 헤아릴 수 없을 정도로 이상 야릇함.
441) 좌죄(坐罪). 죄를 지어 벌을 받음.
442) 허언(虛言). 실속이 없는 빈말.
443) 만단(萬端). 수없이 많은 갈래나 토막으로 얼크러진 일의 실마리.
444) 과념(過念). 지나치게 염려함. 또는 그런 염려.

게슉이 쏘한 군사 오쳔을 발하여 동문의 엄습하녀난지라. 잇찌 장안 빅셩이
됴걸의 츙졀을 모로고 '반ᄒ엿다' 하더라. 됴걸이 셕경을 셩즁의 보니어 왈,
　"방금446) 쳔지 션왕의 셩덕을 본바다 법을 힝ᄒ거날, 그 가운딕 부도
한447) (자가 있어) 쳔위448)를 모로고 영모를 유의하니, 맛당이 머리를 버혀
국법을 졍ᄒ리라."

48쪽

하엿더라. 승상 됴학니 분을 이긔지 못하여, 즉시 셩닉 군사로 셩을 굿게
직희고 빅관을 모왕 이를 의논할식, 좌윤449) 밍관니 엿자오딕,
　"이졔 승상의 위덕450)은 하나리 닉신 빅라. 원컨딕 금일노 존호451)를 바
드시고 틱자를 버히시면 쳔히 크게 바르던 바, 자년 와희452)될 거시이 다시
무삼 근심 잇사오리가."
하니, 모든 빅관이 일시의 말하되,
　"밍관의 마리 가타.453)"
하거날, 됴학이 깃거 이날 황졔 위의 즉(위)하고, 틱후와 틱자를 아즉 형
옥454)의 가도고, 명일노 틱ᄌ를 히코자 하더라. 틱자 틱휴 불의에 환을 당
ᄒ여 형옥의 드러가 셔로 붓들고 통곡하시이, 쳥쳔이 암암455)하고 산쳔이

---

445) 정병(精兵). 우수하고 강한 군사.
446) 방금(方今). 말하고 있는 시점과 같은 때에.
447) 부도(不道)하다. 도리에 어긋나 있거나 도리에 맞지 않는 듯하다.
448) 천위(天威). 제왕의 위엄. 또는 상제(上帝)의 위력.
449) 좌윤(左尹). 조선 시대에, 한성부에 속한 종이품 벼슬.
450) 위덕(威德). 위엄과 덕망을 아울러 이르는 말.
451) 존호(尊號). 왕이나 왕비의 덕을 기리기 위하여 올리던 칭호.
452) 와해(瓦解). 기와가 깨진다는 뜻으로, 조직이나 계획 따위가 산산이 무너지고
　　흩어짐을 이르는 말.
453) 가(可)하다. 안건이나 문제 따위가 자기의 뜻에 맞아 좋음.
454) 형옥(刑獄). 예전에, 형벌과 감옥을 아울러 이르던 말. 또는 관아(官衙)에서
　　죄를 다스리던 부분.

슈식456)을 씐 듯 ᄒ더라. 어젼사령457) 빅슈문이 아들이 잇슨이, 티자와 동갑이요 얼고리 심이 갓튼지라. 슈문니 비록 쳔닌458)이나, 충졀리 지극하여 티자 쥭긴단 말을 듯고, 문득 한 게교를 싱각ᄒ여 그 아들 빅만을 불너 왈,

"네 아비 나히 사십

이라. 션왕 씌붓허 뫼셔 단기다가 이졔 티자 이 지경의 이른니, 명일은 부도한 놈의 흉봉459)을 면치 못하실 터닌이, 읏지 분하고 참옥460)지 아니하리요. 이졔 네 나히 티자와 동갑이요, 용모 심이 갓튼지라. 밤을 타셔 형옥의 드러가셔, 이리이리하여 너로하여금 티자를 박고와 살이면 하나리 반다시 감동할지라. 너의 듯시461) 읏더하요?"

밍만이 붓친의 지극한 마를 듯고 즉시 허락하니, 슈문니 밤을 기다려 빅만을 다리고 형옥의 가셔, 슈문군사462)를 빅금463) 쥬고 문을 열고 드러가니, 티후와 티자를 붓들고 통곡하시거날, 슈문니 말를 나즉이 하여, 젼후슈마464)를 고한딕, 티후 감격ᄒ여 가라사딕,

"옛날 긔신465)이 그 님군니 쥭게뇌빅 용포466)를 박고와 닙고 초왕을 속여

---

455) 암암(黯黯). 어두컴컴.

456) 수색(愁色). 근심스러운 기색.

457) 어전사령(御殿使令). 임금이 있는 궁전에서 심부름을 하던 사람.

458) 천인(賤人). 예전에, 사회의 가장 낮은 신분에 속하던 사람. 대개 대대로 당시 천역이던 일정한 직업에 종사하면서 착취와 천대를 받던 노비, 백정, 장인바치 등을 이른다.

459) 흉봉(凶鋒). 흉악한 칼날.

460) 참혹(慘酷). 비참하고 끔찍함.

461) '뜻이'

462) 수문군사(守門軍士). 문을 지키는 군인.

463) 백금(百金). 많은 액수의 돈.

464) 전후수말(前後首末). 자초지종(自初至終). 처음부터 끝까지의 과정.

465) 기신(紀信, ?~?). 중국 한나라 고조 때의 무장. 항우의 군사에게 포위당한 고조를 도망치게 한 후 살해됨.

임군을 구하엿스니, 네 실노 이갓치 ᄒ면 그 츙져리 웃지 귀신과 다르리요."

즉시 ᄐ자를 명ᄒ여 용포를 버셔 빅만을 입피고 빅만의 오션 ᄐ

50쪽

자 입고 바로 황후를 하즉하시이, 그 경상은 웃지 다 층양하리요. 잇ᄯ
슈문니 ᄐ자를 뫼시고 문의 날 식, 환자[467] 육긔 ᄯᅡ르더라. 슈문니 거즛
명픠[468]를 가지고 북셩문의 이르러 문직킨 군사더러 왈,

"문을 급히 열나."

하니, 슈문장이 년고를 뭇거날, 슈문니 가로딕[딕],

"북셩문 밧게 슈목이 밀밀[469]하여 날로하여금 지긔[470]를 엿보라 하시기
로 가노라."

하니, 슈문장이 고지 듯고 문을 열거날, 슈문니 ᄐ자를 뫼시고 문을 나믹
어두운 밤의 어딕로 가리요. 육긔 고 왈,

"형쥬자사 됴거리 거군[471]하여 성을 두르기난 실노 국가를 위ᄒ여 격셔
를 젼ᄒ여다 ᄒ온니, 신의 소견은 멀이 가지 말고 산즁의 슘어짜가 그 동졍
을 탐지ᄒ오면 조흘가 하나이다."

ᄐ자 가라사딕,

"됴결른 곳 조학의 아오라. 젼의 드르니 '표학빅셩[472]하고 쥰민곳ᄐ한다'

---

466) 용포(龍袍). '곤룡포(袞龍袍)'의 준말. 임금이 입던 정복.
467) 환자(宦者). 내시(內侍). 조선 시대에, 내시부에 속한 궁중의 남자 내관. 임금의
　　시중을 들거나 숙직 따위의 일을 맡아보았으며, 모두 거세된 사람.
468) 명패(命牌). 조선 시대에, 임금이 삼품 이상의 벼슬아치를 부를 때 보내던 나무
　　패. '命' 자를 쓰고 붉은 칠을 한 것으로, 여기에 부르는 벼슬아치의 이름을
　　써서 돌림.
469) 밀밀(密密). 아주 빽빽하다.
470) 지기(知機). 기미나 낌새를 알아차림.
471) 거군(擧軍). 군을 일으킴.
472) 포학백성(暴虐百姓). 백성에게 몹시 잔인하고 난폭함.

하니 본듸 츙심이 읍슨 즉 읏지 그 격셔를 미더 이곳의 잇스리요."

51쪽

하신듸, 슈문니 엿자오듸,

"됴학이 범남[473]흔 쯧을 두어스미 읏지 그 아오 조결노 하여금 함역[474] 아니하리요. 하물며 장안 빅셩이 조거리 반흐엿다 하온니, 읏지 격셔를 미더 요힝을 바라 범의 닙을 각가이 해해올리가. 만일 나리 발가 사적이 드러나면, 비록 날기 잇셔도 피치 못하올 거시이, 급히 힝흐사이다."

틱자 드르시고 올히여겨 가로듸,

"촉군[475] 졔갈현[476]은 선왕의게 츙셩이 지극하여 만니 박게셔 조회[477]얼 죵죵하거날, 선왕니 짐다려 이르사듸 '국가의 급한 이리 익거던 촉을 머다 말고 가셔 졔갈현으로 의논하라' 하셧슨니 짐이 맛당이 촉으로 가자 흐노라."

슈문니 명을 밧자와 한필 나귀의 틱자를 뫼시고, 슈문니며 육긔 호위[478] 흐여 밤이 맛도록 힝흐여 북남산 어귀를 님흐니 동방이 비로소 박더라. 빅만이 몸의 용포를 입고 머리의 통쳔관 쓰고 듸후를 뫼셔 날 식기를 기다리던이, 무시 달여

52쪽

드러 사실노[479] 틱자의 목을 미고 손을 익그러 옥문 박게 나면셔 슈레 우의

---

473) 범람(汎濫). 제 분수에 넘침.
474) 합력(合力). 흩어진 힘을 한데 모음. 또는 그렇게 모은 힘.
475) 촉군(蜀君). 촉의 제후.
476) 人名.
477) 조회(朝會). 모든 벼슬아치가 함께 정전에 모여 임금에게 문안드리고 정사를 아뢰던 일.
478) 호위(護衛). 따라다니며 곁에서 보호하고 지킴.

형법을 갓초아 종노상으로 가니, 장안 빅셩이 그 거동을 보고 혹 긔졀하며 혹 싸르며 딕셩통곡하니, 일월리 무광[480]ᄒ고 금쉬 낙누하더라. 형관[481]니 발셔 조법[482] 갓초아 틱자를 히한니 음풍[483]니 니러나며 틱자의 머리 장딕의 달년난지라.

잇써, 조학이 동싱 됴걸다려 일너 왈,

"동싱 됴걸아. 사람의 츙효는 하날도 막지 못하건니와, 딕명 흥망은 틱자 일신이라. 늬 하나레 명을 바다 틱자을 버혀거날, 너난 누를 위ᄒ여 나를 항거코자 하난다. 속히 딕군을 물니치고 나를 도아 만셰의 큰공을 누리게 하라."

하며 틱자의 머리를 드러 뵈거날, 슬푸다, 됴거리 웃지 그 진위[484]를 알니요. 틱자 주금을 알고 싸의 업써져 딕셩통곡 왈,

"하나리 웃지 무심ᄒ신고. 옛날 항젹[485]이 자영[486]을 쥬기고 쳔하를 일코, 유방은 자영을 살이고 쳔

53쪽

하를 어더슨니, 슌덕자는 흥하련니와 역덕자는 망하리로다.[487] 틱자 다른 형졔 읍슨니 누를 셰워 딕명을 회복하리요. 늬 맛당이 예양[488]의 본을

---

479) '사슬로'
480) 무광(無光). 빛이나 광택이 없음.
481) 형관(刑官). 고려 초기에 둔, 육관의 하나. 법률, 사송, 상언 따위의 일을 맡아보던 관아.
482) 조법(照法). 의율(擬律). 법원이 법규를 구체적인 사건에 적용하는 일.
483) 음풍(陰風). 흐린 날씨에 음산하고 싸늘하게 부는 바람.
484) 진위(眞僞). 참과 거짓 또는 진짜와 가짜를 통틀어 이르는 말.
485) 항우(項羽)
486) 중국 진(秦)의 제3대이자 마지막 왕. 왕위(王位)에 오른 지 46일만에 유방(劉邦)에게 투항했지만, 뒤이어 셴양(咸陽)에 입성(入城)한 항우(項羽)에게 살해됨.
487) 順德者昌, 逆德者亡(『자치통감』 권 9의 구절).
488) 예양(豫讓, ?~?). 중국 전국시대 진(晉)나라의 의사(義士). 지백(智伯)의 신하로

바다 틱자의 원슈를 갑고자 하난이, 다만 골육지의[489]로 차마 못하나 이닉 맛당이 늘거 쥬글지연정[490] 부도한 자의 녹[491]을 입의 딕히리요."

즉시 군을 파하고, 셔게슉의로 더부러 쳐자를 거나리고 심산으로 드러가 자최을 감초고 쳔하 닌심을 엿보더라.

각셜 됴학이 일조의 쳔흐를 웃고 국호를 완나라 하다. 이날 법을 식로 곳쳐 각도의 영을 나리니라. 황후를 폐흐여 셔닌을 밍그러 셩의 가도니, 장안 빅셩이 셩을 바라보고 눈물을 흘니더라.

시의[492] 빅슈문니 틱자를 뫼시고 광졍의 이르러 촌민을 차자 밤을 지닐 식, 빙만이 목의 피를 흘이고 압희 나아와 가로딕,

"붓친의 츙셩으로 틱직 다힝니 환을 면흐오시니, 소자의 죽음니 웃지 원

54쪽

통하오리가. 하나리 발그신이 웃지 씩가 읍사오릿가. 다만 됴학이 구봉산 졍긔를 타고 낫사온니, 가시난 길의 요물[493]리 작희[494]할 듯 하온니 조심흐옵소셔."

하고 문득 간딕 읍거날, 슈분니 놀나 씩다른니 낭가일몽[495]이라. 몽사[496]를

서 지백을 죽인 조양자(趙襄子)에게 보복을 하려다 발각되어 칼로 자결함.
489) 골육지의(骨肉之義). 부자, 형제 등 육친(肉親) 간의 의리.
490) '늙어 죽을지언정'
491) 녹봉(祿俸)의 준말. 관원에게 일년 또는 계절 단위로 나누어 주던 쌀·콩·보리·명주·베·돈 따위의 통칭.
492) '이때에'
493) 요물(妖物). 요망스러운 것.
494) 작희(作戱). 방해를 놓음.
495) 남가일몽(南柯一夢). 꿈과 같이 헛된 한때의 부귀영화를 이르는 말. 중국 당나라의 순우분(淳于棼)이 술에 취하여 홰나무의 남쪽으로 뻗은 가지 밑에서 잠이 들었는데 괴안국(槐安國)으로부터 영접을 받아 20년 동안 영화를 누리는 꿈을 꾸었다는 데서 유래.
496) 몽사(夢事). 꿈에 나타난 일.

틱자게 고하니, 틱자 탄식ᄒ여 왈,

"경의 부자난 고금의 드문 츙셩이라. 하나리 읏지 살피지 아니하리요. 오희라, 빅만은 만고 츙신이로다."

하시며 용누만안[497]하시더라, 잇튼날 길을 쩌날 시, 몽사를 싱각하고 십분 짐작하며, 한곳을 다다른니 산니 흠[498]하고 슈목이 무셩하거나, 나귀를 칫쳐 힝ᄒ던니 니 산 일홈은 구봉산이라. 즁즁[499]한 셕봉이 하나레 다아익고[500] 밀밀한 참목은 길을 가리와슨니, 틱자 마상의 힝치 못하시고 말를 나려 거러 힝할 시, 슈문니 몽사를 싱각ᄒ고 십분 조심ᄒ던니, 문득 상암 속으로 바라본니 홀련 바람이 이러나며 큰 빅회[501] 고함을 지르

55쪽

며 나와 길을 막고 사람을 히코자 하거날, 슈문니 딕경ᄒ여 틱자 압흘 막고 육긔난 뒤의 셧슨니, 나귀 머리를 들어 빅호를 바라보다가 소리를 지른이, 빅호 두어번 소소며 번기갓치 진퇴하다가, 나귀를 물고 장님[502] 속으로 드러가거날, 삼닌이 크게 놀나 짓촉하여 구봉산을 너머가니, 쌈이 나셔 오셰 사마차더라.[503] 틱지 나긔를 일코 혹 도보도 하시고, 혹 업피기도 하오셔 촌촌젼진[504]하여 쌍봉 어귀를 님하엿슨니, 웃더흔 쳥의동자 셕상의 의지하여 한 고조[505]로 노닉[506]를 불으거날, 그 노릭예 하엿스되,

---

497) 용누만안(龍淚滿顔). 눈물이 얼굴에 가득하다.
498) '험하고'
499) 중중(重重). 겹겹으로 겹쳐져 있다.
500) '하늘에 다아있고'
501) 백호(白虎).
502) 장림(長林). 길게 뻗쳐 있는 숲.
503) '땀이 나서 옷에 사무치더라'
504) 촌촌전진(寸寸前進). 한 치 한 치 더듬어 나아간다는 뜻으로, 전진하는 속도가
    매우 더딤을 이르는 말
505) 곡조(曲調). 음악적 통일을 이루는 음의 연속.
506) '노래'의 誤記

구보산 져문 날의 나귀 이른 져 힝닌아,

나귀 일타 셔러말나,

닌멍니 즁커든 나귀 하나 악길손야,

십니 오리 가난 잣최,

잣최마다 콧치핀다,

딕명 건곤의 일월리 발가도다.

노릭 맛치며 문득 각딕 업거늘, 슈문니 틱자게 엿자오딕,
"빅회 사람을 희코자 하다가 나귀를 무러 갓슨

이 반다시 인명을 딕신함이라. 이러무로 션동이 와셔 이른 바요, 웃지 몽즁의 빅만니 이른 마리 아니 오른닛가."
  틱자 왈,
"빅만은 쥬거도 나를 돕난쏘다."
  몬닉 탄식ᄒ시며 쏘 가로딕,
"동자의 마리 딕명 일월이 다시 발그리라 하니, 만일 사즉을 회복하면 웃지 하나리 안일리요.[507]"
하시더라. 동구를 나미 일셰 저물고 빅 심이 곱하 촌보[508]를 힝할 길 업셔, 촌가로 차자 드러가니 두어 집이 잇거날, 쥬닌을 차진이 한 노니이 쥭장을 집고 나오거날, 슈문니 하로밤 유슉[509]함을 쳥흔딕, 그 노닌이 븬집 하나을 가르쳐 쥬거날, 삼닌이 그 집을 차자 드러가니, 창벽이 퇴락하여 찬바람이 사람을 핌박[510]하난지라. 육긔난 셥[511]을 갓다 불을 쩌고, 슈문인 밥을 지

---

507) '하늘의 뜻이 아니리요.'
508) 촌보(寸步). 몇 발짝 안 되는 걸음.
509) 유숙(留宿). 남의 집에서 묵음.

어 삼닌이 요긔하더라. 틱자 왈,

"옛날 한광무는 죽을 먹엇다 하더니[512] 니제 나는 구봉산 촌가의셔 찬밥을 먹도다."

말삼을 맛치며 탄식하시더라.

57쪽

날이 발그미 기를 써나 셔으로 힝하시던니 져물게야 노두역의 다다른니, 니난 셔촉으로 통한 딕로[513]라. 쥬졈이 익거날 그 집의 드러가 한잔 슐노 요긔하고 쉬우던이, 한 관속[514]이 관자[515]를 가지고 와셔 여려 스람의계 뵈아들이거늘, 주셰이 드르니,

'신황져 국호는 완이라. 딕명니 쇠ᄒ여싯니 죠식의 덕힝니 스히[516]을 덥허쏘다. 쳔ᄒ 만민덜아 구법을 바리고 신법을 좃차 기리 안돈[517]하라.'

ᄒ엿더라. 몬든 사람 이 말을 듯고 일변 놀나며 일변 무러 왈,

"틱자와 황후는 웃지 하엿다 ᄒ더요?"

그 관속 왈,

"틱자는 쥬기고, 황후난 셔닌의 나려 셩의 가도다."

하거날, 여러 사람이 틱자를 불상이 여겨 북을 향ᄒ여 통곡하더라. 관속이 이로딕,

---

510) 핍박(逼迫). 바싹 죄어서 몹시 괴롭게 굶.
511) 섶. 잎나무, 풋나무, 물거리 따위의 땔나무를 통틀어 이르는 말.
512) 광무제(유수)가 왕랑과의 힘겨운 싸움 속에 쫓겨다닐 때 휘하에 있던 '풍이'가 콩죽을 끓여 대접하며 말없이 격려하였던 일. 결국 유수는 왕랑과의 싸움에서 승리하고 후한을 건국함.
513) 대로(大路). 큰길.
514) 관속(官屬). 지방 관아의 아전과 하인을 통틀어 이르던 말.
515) 관자(關子). 관문(關文). 조선 시대에, 동등한 관부 상호 간 또는 상급 관부에서 하급 관부로 보내던 공문서.
516) 사해(四海). 온 세상.
517) 안돈(安頓). 마음이나 생각 따위를 정리하여 안정되게 함.

"ᄐᆡ자 만분[518] 사라ᄲᅧᆫ들, 형쥬자사 조걸리 크게 구할낫다. 자ᄉᆡᆨ 긔군하여 셩을 두르고 ᄊᆞ오랴 하다가, ᄐᆡ자 쥬그시물 보고 ᄃᆡ셩통곡하며 카를 던져 군을 파ᄒᆞ

58쪽

고 부지것쳐[519]라."
하이, 여러 사람 이 마를 듯고 한탄하더라. 슈문니 ᄐᆡ자를 뫼시고 기를 짓촉하여 여러날 힝ᄒᆞᆫ니, 바리 부릇터 힝보[520]를 능이 못하니, 가련타 ᄐᆡ자의 형상은 차마 보지 못할너라.

일일은 한 곳의 다다른이, 큰 뫼 이셔 하날의 다은듯 한지라. 산슈를 구경ᄒᆞ여 졈졈 드러간이, 각ᄉᆡᆨ ᄉᆡ소ᄅᆡ ᄀᆡ희를 비창게 한니, 육긔와 슈문이 슬품얼 금치 못하여 눈물을 ᄲᅳ리며 쳠쳠 드러가니, 한 곳의 집이 익고 여러 사람더리 왕ᄂᆡ하거날, 삼닌이 짐즛 놀나며 몸을 슘어 여어본니[521], 현판의 쎳스되 쳔황산 봉쳔ᄃᆡ라 하고, 또 허닌[522]을 민드러 여러 나졸이 ᄭᅳᄂᆡ여 ᄭᅮᆯ이고 슈죄[523]ᄒᆞ여 가로ᄃᆡ,

"이놈 조학아, 네 버살리 일품이요 식녹[524]이 불소하거딘 무어시 부족하여 찬녁이 되엿난야."

ᄆᆡ를 드러 무슈이 치다가 ᄂᆡ친이, 이 사람덜른 곳 츙신덜이라. 됴학의 난을 피ᄒᆞ여 이곳의셔 셰월를 기다리더라. 삼닌이 이윽

---

518) 만분(萬分). 만일(萬一). 만 가운데 하나 정도로 아주 적은 양.
519) 부지거처(不知去處). 간 곳을 모름.
520) 행보(行步). 걸음을 걸음. 또는 그 걸음.
521) '엿보니'
522) 허인(虛人). 허수아비.
523) 수죄(數罪). 범죄 행위를 들추어 세어 냄.
524) 식록(食祿). 녹봉(祿俸). 벼슬아치에게 일 년 또는 계절 단위로 나누어 주던 금품을 통틀어 이르는 말.

키525) 보다가, 육긔 틱자씌 가만니 엿자와 가로딕,

 "져긔 안지시 이난 위국 호셩공이 안니신익가?"

 틱지 위국공의 조부란 마를 듯고, 슬품얼 이기지 못하여 우름소릭 남을 씻닷지 못하고 딕셩통곡하니, 그졔야 육긔와 슈문니 울거날 우름소릭 요란 흔지라. 효셩공니며 여러 츙신이 나아가 본니 삼닌이 안자 울거날, 짐줓 위로하실 시 육긔 나아가 부복526)하여 엿자오되,

 "위국 효셩공 안니신익가?"

 공이 이윽키 보다가 놀나 왈,

 "너난 환자 육긔 아니야."

 육긔 눈물을 흘여 왈,

 "과년이로소이다."

 닌하여 틱자를 가르쳐 왈,

 "틱자 군왕이 임흥션난이다. 상공은 웃지 모로시난익가."

 공이 놀나 보시고 크게 씻다라 틱자를 안고 실셩통곡527) 왈,

 "이거시 쑴닌가 싱신가? 만일 쑴 갓트면 찟칠가 염여하노라."

 하며 긔졀하시거늘, 여러 츙신이 붓들고 위로하니, 효셩공니 졍신을 차려 틱자를 상의 뫼시고, 모든 츙신으로 더부러 사

빈528)하시고 통곡하난 소릭 산쳔초목이 비창흥여 하더라. 효셩공이 눈물을 거두고 틱자를 위로하여 왈,

---

525) 이슥하다. 지난 시간이 얼마간 오래다.
526) 부복(俯伏). 고개를 숙이고 엎드림.
527) 실성통곡(失性痛哭). 정신에 이상이 생길 정도로 슬프게 통곡함.
528) 사배(四拜). 네 번 절함. 또는 그런 절.

　"쳔되 무심하와 됴학이 역모를 두민 신등이 능히 억졔치 못하고, 다만 몸이 물너나 산즁의 슘어 시졀을 기다려 혹 조은 쩨를 볼가 바라삽던이, 일젼의 됴학의 영이 엿차엿차 하온니 신등니 다시 바랄 기리 읍사와, 오날 이곳의셔 한가지 죽어 지하의 도라가 군은529)을 갑흘가 바라습던니, 하나리 도으사 쳔안530)을 다시 뵈올 쥴 웃지 쯧하오며, 신등이 명531)을 밧치(지) 못하믄 살지무셕532)이로소이다."

하며 눈물리 비오듯 하니, 틱지 위로하시며 가로사되,

　"짐이 무덕하여 사즉을 보젼치 못해하고, 역젹 됴학이 쳔위를 항거하니 웃지 졀분치 안니하며,"533)

　됴걸리 긔병하여 황셩을 두르던 마리며, 빅슈문의 츙졀노 이리이리 하여 됴학의 흉봉을 면하시던 마리며, 산닌이534) 북셩

61쪽

문을 나미 갈 바를 아지 못하여 촉군 졔갈현을 차자가시는 마리며, 광졍의 이르러 슈문의 몽즁 빙만니 와셔 이르던 마리며, 오다가 구봉산의셔 빅호의게 나귀 일턴 마리며, 오다가 션농의 노리 엿차엿차한 마리며, 즁노의 피곤하여 슈문의 업피던 마리며, 구봉산 촌가의 드른 말삼이며, 난낫치 다 이르고 용누만안하시니, 신자의 도리 차마 보지 못홀너라. 효셩공이 강잉535) 위로하시며,

　"쳔안을 뵈온니 풍노536)의 용안니 변하시고, 쏘 미복537)을 닙어 계시니,

---

529) 군은(君恩). 임금의 은혜.
530) 천안(天眼). 임금의 눈을 높여 이르는 말.
531) 명(命). 목숨.
532) 살지무셕(殺之無惜). 죽여도 아깝지 아니할 정도로 죄가 무거움.
533) 이 부분에서 태자 대사와 서술자 진술이 혼재하고 있다. 필사과정에서 태자 대사의 끝부분이 누락되고 서술자 진술과 이어진 것이라 생각된다.
534) '삼인(三人)이'
535) 강잉(强仍). 억지로 참음. 또는 마지못하여 그대로 함.

진즉 씨닷지 못하엿나이다."

닌하여 모든 츙신을 가르쳐 왈,

"이난 다 보조538)의 벼살하던 사람이라. 노신539)을 짜라 사싱을 한가지로 함이로소이다."

틱지 모든 츙신을 사레하여 왈,

"짐이 덕이 읍셔 그듸로 하여금 이 지경의 이르러스니 그윽키 부란하여 하노라."

하시니, 여러 츙신이 고두사

62쪽

은540) 왈,

"신등의 불츙은 족히 버힘 즉 하오나, 이졔 군왕을 다시 만나 뵈온니 쳔의를 좃차 남씨541) 온 충졀을 극진이 하왜[와], 사즉을 회복하압고 죽사오면 신등의 졀졀하온542) 원이로소이다."

틱자 왈,

"하나리 선왕 덕을 살피시면 사즉을 다시 회복하련이와, 읏지 인녁543)으로 하리요."

효셩공이 틱자를 뫼셔 도구544)로 나려가니 니곳은 봉쳔듸라. 산이 깁고

---

536) 풍로(風露). 바람과 이슬을 아울러 이르는 말.
537) 미복(微服). 지위가 높은 사람이 무엇을 몰래 살피러 다닐 때에 남의 눈을 피하려고 입는 남루한 옷차림.
538) 본조(本朝). 예전에, 말하는 이가 자기 나라의 조정을 이르던 말.
539) 노신(老臣). 늙은 신하가 임금을 상대하여 자기를 낮추어 이르는 일인칭 대명사.
540) 고두사은(叩頭謝恩). 받은 은혜에 대하여 감사히 여겨 머리를 땅에 조아려 사례함.
541) 意味不詳.
542) 절절(切切)하다. 매우 간절하다.
543) 인력(人力). 사람의 힘.
544) 동구의 誤記인 듯. 동구(洞口). 동네 어귀.

닌간이 머러545) 사람이 임의로 왕닉 못하난 곳이라. 모든 츙신이 집을 크게 짓고, 날마다 시절을 탐지하난 비라. 이날붓터 틱자를 뫼시고 쳔하 회복할 못칙을 의논하시더라. 틱지 셧촉길546)을 무르신딕, 신ᄒ 고응이 엿자오딕,

"촉신이 지험547)하와 잔도548)로 힝하오면 사빅칠십이옵고, 잔도 업사오면 슈쳔이로소이다."

효성공 왈

"촉군 졔갈현은 츙졀리 지극하온이, 시졀리 비록 그릇되엿슬지라도 본조를 위홀지라. 바라옵건딕 조셔549)를 일우어 고응

63쪽

으로 하여금 셔촉의 보닉여 졔갈현을 부르게 하옵소서."

틱자 올히 여기사, 즉시 조셔를 닥가 고응을 쥬어 보닉시이라.

갈졀 촉군 졔갈현이 쳔지변복550)하민 벼살을 바리고 초야의 슥고자하더니,551) 문득 공응니 이르러 조셔를 올이거날, 현니 딕경딕희552)ᄒ여 북향사비ᄒ고 조셔를 써여 본이 하엿스되,

'대녕 왕자난 글을 붓치나이, 짐이 운슈 불힝ᄒ여 사빅년 사긕을 역젹 됴학의게 아닌553) 빅 죄엿쓰이, 우흐로 션졔의 죄을 웃고 아릭로 빅셩의 은혜를 져바리니, 황쳔의 도라가도 용납지 못할 귀신이 될지라. 짐의 젼후 사년554)은 일필난긔555)요 일구난셜556)리라. 급피 봉쳔딕로 이르러 짐의 아

---

545) '인간이 멀어'. 사람들이 모여 사는 곳과는 거리가 멀다는 의미.
546) '서촉으로 가는 길'
547) 지험(至險). 지극히 험준하다.
548) 잔도(棧道). 험한 벼랑 같은 곳에 낸 길. 선반처럼 달아서 냄.
549) 조서(詔書). 임금의 명령을 일반에게 알릴 목적으로 적은 문서.
550) 천지변복(天地變覆). 세상이 뒤집혀 달라짐.
551) '숨고자 하더니'
552) 대경대희(大驚大喜). 크게 놀라고 크게 기뻐하다.
553) 앗긴. 빼앗긴.

득한 마음을 위로하라.'

하엿더라. 졔갈현니 보기를 다하고 통곡[557]하며 고응더러 왈,

"됴학이 틱자를 히하엿다 ᄒ기로 다시 여망[558]이 읍셔 미양 쥬거 모로고자 하던이, 하나리 도으사 틱자의 옥체 안강[559]

하오심을 드르니, 니졔 쥬거도 무삼 한니 잇스리요"

즉시 쎠나 여러날 만의 봉쳔듸의 이르러 틱자 압희 나아가 복지통곡하거날, 틱지 위로 왈,

"짐이 흉젹[560]을 피ᄒ여 경의 츙셩을 사모하고 불원쳔니[561]하고 차자 가다가, 이곳의 이르러 하나리 지시ᄒ여 모든 츙신을 만나고, 쏘 그듸르 다시 만나보니 읏지 반갑지 안니ᄒ리요."

하시며 용누를 나리오신이, 현이 체읍[562]하여 왈,

"신이 션왕의 은혜를 잇지 못하와 방의셔 조회를 자조 못하온이 일노 유한[563]니 되읍던이, 일견 됴학의 영이 이르온이 쳔지 어둡고 틱산이 압흘 가리와 다만 죽기를 싱각하읍던니, 명쳔이 도으사 다시 쳔안을 뵈온니 니졔 죽거도 무삼 한니 잇사오리가."

---

554) 전후사연(前後事緣). 전후곡절(前後曲折). 일의 처음부터 끝까지의 이런저런 복잡한 사정.
555) 일필난기(一筆難記). 한 붓으로 이루 적을 수 없다는 뜻으로, 내용이 길거나 복잡하여 간단히 기록하기 어려움을 이르는 말.
556) 일구난설(一口難說). 내용이 길거나 복잡하여 한 마디로 다 설명하기 어려움.
557) 통곡(痛哭). 목놓아 큰 소리로 욺.
558) 여망(餘望). 아직 남은 희망.
559) 안강(安康). 평안하고 건강하다.
560) 흉적(凶賊). 흉악한 도적.
561) 불원천리(不遠千里). 천 리 길도 멀다고 여기지 않음.
562) 체읍(涕泣). 눈물을 흘리며 슬피 욺.
563) 유한(遺恨). 살아서 뜻을 이루지 못하고 남긴 한.

하고, 닌ᄒᆞ여 육긔와 슈문과 여러 츙신을 디ᄒᆞ여 무슈이 사례ᄒᆞ고 퇴자게
엿자오되,

"한왕 유방이 소하564)의 쇠를 듯고 촉의 드러와 명장을 으더 가지고 항우
을 멸하엿사오니,

65쪽

원컨디 디왕은 급피 촉으로 드러가오셔, 만젼지슐565)을 으더 사즉을 회
복하사이다."
한니, 효셩공과 여러 신희 다 그 마리 올타하고, 즉시 퇴자를 뫼시고 길을
써나 셔촉으로 향ᄒᆞ시더라. 퇴지 잔도의 임ᄒᆞ사 만학566)을 구버 보신이,

"옛날 한왕니 만병을 거나리고 이 다리로 왕닉하던 흔젹이 방불하567)도
다. 어닛 씨의 명장을 어더 이 잔도을 나오리요."

하신이, 여러 신희 이 말슴을 듯고 깃거ᄒᆞ더라. 오일만의 촉의 이르러 즌좌
하신 후, 모든 츙신이 퇴자를 세워 황제위의 즉하시게 하고, 고응으로 병마
도총독을 졍ᄒᆞ고, 빅슈문으로 좌익호위장을 졍ᄒᆞ고, 환자 육긔로 우익호위
장을 졍ᄒᆞ고, 그 나분 츙신으로 각각 소님을 졍하여 궁궐의 츄닙하시게 하
고, 이날붓터 군마를 슈습하여 미일 교장568)의 나아가 병법을 년습하더라.

각셜 잇씨난 게유 삼월569)이라 부닌이 왕능을 다리고 셰월

---

564) 소하(蕭何). 중국 전한의 정치가(?~B.C.193). 유방을 도와 한(漢)나라의 기틀을
　　세웠으며, 율구장(律九章)이라는 법률을 만듦.
565) 만젼지슐(萬全之術). 만전지계(萬全之計). 실패의 위험이 없는 아주 안전하고
　　완전한 계책.
566) 만학(萬壑). 첩첩이 겹쳐진 많은 골짜기.
567) 방불(彷彿)하다. 흐릿하거나 어렴풋하다.
568) 교장(敎場). 군사 교육 또는 군사 훈련을 위한 교육 시설을 갖추어 놓은 곳.
569) 癸酉年 三月.

을 보닉이, 왕능의 나히 님의570) 팔셰라. 긔운니 비범ㅎ여 큰 바회를 보면 긔운을 시험ㅎ면 초목썩거 병법을 희롱하니, 딕ㅅ시 부닉게 엿자오딕,

"옛날 밍분571)이 이십셰의 오십장 운딕의 소소고, 항젹이는 이십의 구정572)을 드러던니, 니졔 왕능이 팔셰의 용밍이 이갓트니 장뷔 읏지 씌읍스리요."

하고, 이날붓터 딕ㅅ시 왕능을 다리고 육도삼약573)과 묘쵝을 가라치니 일취월장574)ㅎ여 쳔문지리575)를 무불통지576)하니 틴ㅅ시577) 층찬 왈,

"명국 보비는 왕능이로다."

일일은 디사 왕능으로 더부러 틴산의 올나 쳔지 흥망을 말하던니, 능이 왈,

"딕명이 망ㅎ고 됴학이 등극578)하엿스나, 이졔 됴학은 쳔명이 안니라. 장차 누구로 명ㅎ여 딕를 하연난익가?"

---

570) '이미'

571) 맹분(孟賁). 중국 춘추시대 제나라의 역사(力士).

572) 구정(九鼎). 중국 하(夏)나라의 우왕(禹王) 때에, 전국의 아홉 주(州)에서 거두어들인 금으로 만들었다는 솥. 주(周)나라 때까지 대대로 천자에게 전해진 보물이었다고 함.

573) 육도삼략(六韜三略). 중국의 오래된 병서(兵書). 《육도(六韜)》와 《삼략》을 아울러 이르는 말. 육도(六韜). 중국 주(周)나라 태공망이 지은 병법서(兵法書). 무경칠서의 하나로 문도(文韜), 무도(武韜), 용도(龍韜), 호도(虎韜), 견도(犬韜), 표도(豹韜)의 6장으로 되어 있으며, 6권 60편임. 삼략(三略). 태공망이 지은 병법서. 무경칠서의 하나로 노자(老子)의 사상을 기초로 하여, 정략(政略)·전략(戰略)의 도(道)를 서술. 상략(上略), 중략(中略), 하략(下略)으로 구성됨.

574) 일취월장(日就月將). 나날이 다달이 자라거나 발전함.

575) 천문지리(天文地理). 천문학과 풍수지리.

576) 무불통지(無不通知). 무슨 일이든지 환히 통하여 모르는 것이 없음.

577) '대사'의 誤記

578) 등극(登極). 임금의 자리에 오름.

딕사 웃고 가로딕,

"됴학이 천명 아닌 쥴은 알고, 딕명 틱자 인난 곳은 모로니 웃지 우슴을 면하리요."

왕능이 돈슈하여 왈,

"소직 실노 씨닷지 못

하오니 발키 가라치소셔."

딕시 셧쳔을 가르쳐 왈,

"우편은 장셩579)이요, 좌편은 삼틱셩580)이요, 그 가온딕 잇난 벼리 자미셩581)이라. 자미셩은 곳 틱자의 쥬셩582)이라. 틱자 비록 죽엇다 하나 피ᄒ여 셔쵹의 잇셔 씨를 기다리시이, 이졔도 네 모로난다."

왕능이 자셔이 보니 자미셩이 광치 영농하거날, 딕희ᄒ여 딕사의게 엿자오딕,

"소직 어두어 밋쳐 씨닷지 못하엿사온니 불승황공하여이다."

딕사 왈,

"명국 운슈 아즉 장원한지라. 됴학이 구봉산 졍긔를 타고 낫스민 잠시 왕운니 발한 비라. 웃지 천명을 소기고 장구하리요. 너난 모로미 씨를 기다려 딕명 사즉을 회복하고 일홈을 만셰의 젼ᄒ라."

하시더라. 부닌이 능다려 일너 왈,

---

579) 장성(張星). 이십팔수(二十八宿)의 스물여섯째 별자리의 별들.
580) 삼태성(三台星). 큰곰자리에 있는 자미성을 지키는 별. 각각 두 개의 별로 된 상태성(上台星), 중태성(中台星), 하태성(下台星)으로 이루어짐.
581) 자미성(紫微星). 큰곰자리 부근에 있는 자미원의 별 이름. 북두칠성의 동북쪽에 있는 열다섯 개의 별 가운데 하나로, 중국 천자(天子)의 운명과 관련된다고 함.
582) 주성(主星). 점성술에서, 어떤 사람의 운명을 맡고 있는 별.

"딕명 황졔 등곡ᄒ신 후로 우리 딕딕로 녹을 슨치 아니ᄒ다가 반젹 됴학이 쳔위를 도젹하미, 네 맛당이 힘을 다ᄒ여 사즉을 회복하난 거시 츙신이요, 네 붓친이 사원583)으로 듀

68쪽

학의 손의 아롱도의 젹거하고, ᄯᅩ 사약ᄒ엿슨이 불공딕쳔지쉬584)라. 복슈하난 거시 효자의 도리라. 네 나히 비록 어리나 지략이 죡히 장부라 층할지라. 마음을 허비ᄒ지 말고 틱공의 묘법585)을 힘쎠 딕사를 도모하라."
하신이, 능이 딕답하여 왈,

"딕장부 셰상의 쳐ᄒ여, 사즉을 회복지 못하고 부슈586)를 갑지 못ᄒ오면, 웃지 하날를 무릅쓰고 사람이라 층ᄒ587)올리가."
하니, 부닌과 딕시 잠소층찬588) ᄒ시더라.

일일은, 딕사 목욕직게ᄒ고 능을 다리고 산의 올나 한조각 부작589)을 육한장590) 슷헤 씌여591) 동힉슈를 바라고 던진이, 이윽고 구룸이 이러나며 한 쥴기 소닉기 드러오며 ᄲᅡ른 번기 두르며 뇌성이 요란하던이, 구름 속으로 한 용마 입을 버리고 소릭를 지르며 나려와 횡힝ᄒ난지라. 딕시 능을 도라보아 왈,

---

583) 사원(私怨). 사사로운 원한.
584) 불공대천지수(不共戴天之讐). 이 세상에서 같이 살 수 없을 만큼 큰 원한을 가진 원수.
585) 태공망이 지은 육도와 삼략.
586) 부수(父讐). 아버지의 원수.
587) 칭(稱)하다. 무엇이라고 일컫다.
588) 잠소칭찬(潛笑稱讚). 가만히 웃으며, 좋은 점이나 착하고 훌륭한 일을 높이 평가함. 또는 그런 말.
589) 부적(符籍). 잡귀를 쫓고 재앙을 물리치기 위하여 붉은색으로 글씨를 쓰거나 그림을 그려 몸에 지니거나 집에 붙이는 종이.
590) 육환장(六環杖). 중이 짚는, 고리가 여섯 개 달린 지팡이.
591) '꿰어'

"뉘 능히 져 말을 붓들 지 잇쓰리요."

하니, 능이 그 말를 보믹 정신이 쇄락ㅎ여

69쪽

몸을 소소와 일너 왈,

"미거ㅎ[592) 즘승도 님자를 알거든, 하물며 너는 용종이라. 임자 왕능을 모로난다?"

그 말리 이윽히 보다가 머리를 슈이고 굽을 치거늘, 능이 그계야 나아가 말머리를 붓들고 굴네[593)를 씨워 익글고 드러온니, 딕사 왈,

"하나리 용마를 닉시믹, 임자난 왕능이로다."

왕능이 딕사게 사례ㅎ여 왈,

"장뷔 셰상의 나믹 나라 윗틱하물 구치 못ㅎ여 근심ㅎ옵던니, 딕사의 홍은[594)으로 용ㅁ를 지시하오신니 감사ㅎ여이다."

딕사 왈,

"만물리 다 임자 닛난이, 그딕 임자 안니면 용ㅁ 웃지 이곳의 이르리요. 이 마리 복희씨[595) 씌의 하도[596)를 지고 나오믹 팔괘을 ㄱ녀 젼지승서을 아라게시고, 복희씨 붕하신 후 용ㅁ 다시 셰상의 나지 안니ㅎ엿던니, 하나

---

592) 미거(未擧)하다. 철이 없고 사리에 어둡다.
593) 굴레. 말이나 소 따위를 부리기 위하여 머리와 목에서 고삐에 걸쳐 얽어매는 줄.
594) 홍은(鴻恩). 넓고 큰 은혜.
595) 복희(伏羲). 중국 고대의 전설상의 제왕(帝王) 또는 신(神). 팔괘(八卦)를 처음 만들고, 그물을 발명하여 어획·수렵(狩獵)의 방법을 가르쳤다고 함. 진(陳)에 도읍을 정하고 150년 동안 재위. 몸은 뱀과 같고 머리는 사람의 머리를 하고 있으며 해·달과 같은 큰 성덕을 베풀었다고 함.
596) 하도(河圖). 중국 복희씨(伏羲氏) 때에, 황허(黃河) 강에서 용마(龍馬)가 지고 나왔다는 쉰다섯 점으로 된 그림. 동서남북 중앙으로 일정한 수로 나뉘어 배열되어 있으며, 낙서(洛書)와 함께 주역(周易)의 기본 이치가 됨.

리 딕명을 위호여 그딕로 하여금 사즉을 회복고자호여 용마를 보닉신 비라. 웃지 인역으로 어덧스리요."

하니, 왕능니 두번 절호고 가로딕,

"소직 산즁의 오릭 잇스

70쪽

딕 세상스를 아지 못하나이, 산즁을 써나 산쳔지셰와 쳔호 닉심을 탐지호읍고 도라와 딕사597)를 시작고자 하나이다."

딕사 허락한니, 부닉이 쏘한 슈이 도라옴을 당부하시니, 능이 즉시 호즉하고 용총598)을 타고 산문599)의 나니, 의긔양양하고 졍신이 식식하여 몸의 날기 가진 듯 하더라.

각셜 됴학이 용상의 안자 법을 곳쳐 식법을 베푸러 만민을 다사린니, 쳔호 빅셩이 크게 괴로이 여겨 날이600) 나기를 기다리더라. 됴학이 드른이 빅셩의 우름소릭 풍편601)의 들이거날, 좌우602)다려 무른딕 딕답호여 왈,

"셩닉 빅셩이 틱후 셔셩의 잇난 거슬 불상이 여겨, 장안의 우름소릭 쓴칠 나리 업나이다."

됴학이 오즉 미워여겨, 즉시 사자를 명호여 '틱후를 아롱도의 원찬하라' 하니, 틱후 눈물을 흘니시며 쥬야로 힝호신이, 거리마다 우름소릭 진동하더라. 여러날만의 운쥬짜 츄향산 역촌603)의 이르러 밤

---

597) 대사(大事). 큰일.
598) 용총(龍驄). 용마(龍馬).
599) 산문(山門). 절 또는 절의 바깥문.
600) '난리'
601) 풍편(風便). 바람결.
602) 좌우(左右). 주위에 거느리고 있는 사람.
603) 역촌(驛村). 역이 있는 마을.

을 지니던니, 야반의 이르러 무슈한 사람이 역촌을 두르고, 일시의 달여드러 사자 십닌을 죽이고, 한 사람이 틱후젼의 이르러 통곡 왈,

"신은 형쥬자사 됴걸리읍더니, 형니 무도하여 딕역의 범ᄒ여사온니, 신이 일즉 충졀을 다ᄒ여 군을 거나려 셩을 둘너싸고 형의 목을 버혀 사즉을 보존하올가 바라삽던이, 불의예 형의 흉봉이 틱자를 히ᄒ엿사온니, 신자 도리의 참아 웃지 보오며, 싱각ᄒ온니 국가의 다시 여망이 읍삽고 쏘한 형과 골육지간이라. 딕의를 능히 힝치 못하읍고, 셔계슉으로 한가지(로) 부도를 피ᄒ여 이 산즁의 슘엇삽던이, 맛참 듯사온니 틱후를 아롱도의 원찬ᄒᆫ 듯 하온니, 웃지 놀납지 아니ᄒ올리가."

하며, 닌ᄒ여 교자를 나와 틱후를 뫼셔 왈,

"신등의 쳐속(604)이 다 츄향산의 잇사온니, 그리로 틱후를 뫼시고자 하나이다."

틱후 임의 됴걸의 충졀을 드르신 비라,

"당

초의 군을 거나려 셩을 두르민 뉘 능히 국가를 위한 쥴 아라쓰리요. 이려무로 됴학의 독한 환니 장차 임ᄒ민 어진 사람 빅슈문니 이리이리 하민 그 아들노 딕명을 시기고 틱자는 슈문과 육긔로 한가지 문을 나셔 환을 면ᄒ엿슨니 간곳을 아지 못하노라."

하시니, 됴걸리 마를(605) 듯고 크게 깃거 하날을 우러러,

"틱자 만나게 ᄒ읍소셔. 신니 한갓 바랄 곳이 업사와 죽기를 원하엿삽던

---

604) 쳐속(妻屬). 아내.
605) '말을'

이, 틴자 사라게신다 하온이 이제는 족히 츙졀을 다ᄒ여 사즉을 회복하리로소이다."

하고, 닌ᄒ여 틴후를 뫼시고 츄향산으로 드러가, 자사의 부닌과 셔게슉 부닌으로 한가지 계시게 하시다.

잇튼날, 자싀 방문606) 써 부쳣스되,

'쳔ᄒ 빅셩더라, 틴자 피육607) 하엿다 이르지 말나. 빅슈문의 츙졀노 이리 이리 하여 흉봉을 피하셔 셰상의 쳐ᄒ여 게시니, 쳔ᄒ 만민은 근심말고 씨를 기다리라.'

하엿더라, 됴걸리 게슉다려 일너

73쪽

왈,

"이제 틴자의 소식을 드러슨니 웃지 일시ᄂ 아년608)이 잇스리요. 늬 맛다 이 운쥬의 가셔 자사 밍겸으로 함모609)하여 군을 일울 거신이, 츄향산 어귀의 북소릭 나거든 그듸 맛당이 틴후와 가속을 다리고 나오라."

하며, 즉시 기을 써나 운쥬로 향ᄒ니라.

각셜 촉군 제갈현의 부닌 마씨, 후원의 홧초구경 ᄒ시다가 호련610) 곤611) 하여 홧초의 의지ᄒ여 한 쑴을 으든이, 청용니 몸을 두르믹 놀나 씨다른니, 니후로 틱긔 잇셔 십삭만의 한 ᄯᆞ를 나은니, 얼고리 도화612)갓고 틱도 비범하여 진짓 쳔ᄒ일싁613)이요, 덕힝이 고난의 밋ᄎ니, 부모 크게 사랑ᄒ시더라.

---

606) 방문(榜文). 어떤 일을 널리 알리기 위하여 사람들이 다니는 길거리나 많이
　　 모이는 곳에 써 붙이는 글.
607) 意味不詳. 피욕(被辱)의 誤記인 듯.
608) 안연(晏然). 불안해하거나 초조해하지 아니하고 차분하고 침착함.
609) 합모(合謀). 함께 계획하다.
610) 홀연(忽然). 뜻하지 아니하게 갑자기.
611) 곤(困)하다. 기운이 없이 나른하다.
612) 도화(桃花). 복숭아 꽃.

잇딴 소제의 나히 십오셰라. 졔갈현니 황졔 금슬614)을 갓초지 못하심을
보고 효셩공게 고ᄒ여 왈,

"황샹이 임의 후615)를 졍치 못ᄒ여 게신이, 현니 한 ᄯᆞ리 잇ᄉ오니 덕힝
이 족히 군자를 밧들지라. 바라옵건ᄃᆡ 국혼616)을 졍ᄒ여 황샹의 ᄃᆡ레를 이
루심이

74쪽

웃더ᄒ오신잇가?"

효셩공이 크게 깃거 ᄒ시고 잇튼날 조회의 황샹게 엿자오니, 샹니 사양ᄒ
여 왈,

"이 일은 조만이 읍ᄉ니, 타일의 사즉을 회복하고 ᄐᆡ후를 뫼신 후 혼예를
이루미 가ᄒ다."

ᄒ시거늘, 효셩고 왈,

"하날리 게시미 당이 잇삽난이, 쳔지 근본을 웃지 일시ᄂ 짓체하와 ᄶᆞ를
건긔617)하올리가."

하오니, 잇ᄯᅥ 빅관이 여ᄌᆞ일구618)하온 즉, 샹이 마시 못하어 허ᄒ오시니, 잇
튼날 ᄐᆡ상619)을 불너 길일을 ᄐᆡᆨ하여, 황졔 위의를 갓초와 황후로 예비를 맛
친 후의 궐ᄂᆡ로 뫼신이라. 황졔 ᄐᆡ후를 싱각하시고 용누를 금치 못하시더라.

---

613) 천하일색(天下一色). 세상에 드문 아주 뛰어난 미인.
614) 금슬(琴瑟). 부부간의 사랑.
615) 후(后). 후비(后妃). 임금의 아내.
616) 국혼(國婚). 왕실의 혼인. 임금, 왕세자, 왕세손, 왕자, 공주, 옹주, 왕손 등의
   혼인을 이름.
617) 건기(愆期). 정한 기일을 어김.
618) 여출일구(如出一口). 이구동성(異口同聲). 입은 다르나 목소리는 같다는 뜻으
   로, 여러 사람의 말이 한결같음을 이르는 말.
619) 태상(太常). 태상시(太常寺). 고려 시대에, 제사를 주관하고 왕의 묘호와 시호
   를 제정하는 일을 맡아보던 관아.

 상니 졔신을 디ᄒᆞ여 가라사디,

"짐이 촉의 드러온지 임의 슈년이라. 옛날 한왕 유방이 명장 한신[620]이
며, 모사[621] 진평[622]을 어더 즉시 촉을 버셔ᄂ 쳔ᄒᆞ를 졍ᄒᆞ엿난니, 짐이 홀
노 무덕하여 종시 명장을 못 엇고 울울이[623] 이곳의 오리 머문니 웃지 한심
치 아니하리

75쪽

요."

하신디, 효셩공이 엿자오디,

"한왕은 촉의 드러올 ᄢᅵ의 쳔히 다 아라삽기로 한신 진평이 일즉 드러온
비요, 황상은 자최를 감초고 드러오신 비온니, 쳔ᄒᆞ 닌민이 엇지 디왕이
이곳의 기신 줄을 아올리가. 이졔디왕의 자최 졈졈 드러ᄂ온니, 오리지 아
니하와 영웅니 드러올가 ᄒᆞ나이다."

 왕능니 구의산을 쩌나 금능 짱을 지날 시 이곳은 보무리 만은 곳지
ᄅᆞ. 왕능이 여러늘 유슉하여 닌긔를 살피던이, 한곳의 이른니 금셩이 잇거
날, 구경하다가 맛참 한 사람이 금으로 민든 픠[624]를 가지고 와셔 팔고자
ᄒᆞ거날, 왕능이 그 픠를 본니 붓친의 셩명을 사겨거날, 놀나 그 픠를 달나ᄒᆞ
여 자셰이 본니, '티슈 왕빈의 싱은 임슐리요 거쥬난 화셩이라' 하여거늘,
왕능이 크게 놀나 왈,

---

620) 한신(韓信, ?~B.C.196). 중국 전한의 무장(武將). 한(漢) 고조를 도와 조(趙)·
　　위(魏)·연(燕)·제(齊)나라를 멸망시키고 항우를 공격하여 큰 공을 세움. 한
　　나라가 통일된 후 초왕에 봉하여졌으나, 여후에게 살해됨.
621) 모사(謀士). 꾀를 써서 일이 잘 이루어지게 하는 사람.
622) 진평(陳平, ?~B.C.178). 중국 전한의 정치가. 한(漢) 고조를 도와 천하 통일을
　　이루었으며, 여씨의 난을 평정함.
623) 울울(鬱鬱)하다. 마음이 상쾌하지 않고 매우 답답하다.
624) 패(牌). 어떤 사물의 이름, 성분, 특징 따위를 알리기 위하여 그림을 그리거나
　　글씨를 쓰거나 새긴 종이나 나무, 쇠붙이 따위의 조그마한 조각.

"문난이 이 픠 어듸로 좃차 난난잇가?"

그 사람이 답 왈

"심년 젼의 아롱도의 드러갓다

76쪽

가 사완나이다."

하거늘, 왕능이 그 사람게 졀ᄒ여 왈,

"이 갑슨 비록 쳔금이라도 악기지 안니ᄒ고 살거시이, 바르건듸 이 픠 근본을 아라지이다."

그 사람이 가장 고히 여겨 가로듸,

"존형이 웃지 이 픠를 보고 자셔이 문난익가?"

왕능이 가로듸,

"이 픠를 보온니 임의 팃슈를 지난 사람이라. 응당 그 사이 죽것슬 ᄉᆞᆽᄒ여 불상ᄒ기로 문난이다."

그 사람이 한슘지어 답 왈,

"나난 이곳의 사난 사람이라. 셩녕은 최신니이, 심년 젼의 붓친 아롱도의 장사 갓다 킥사ᄒ시미 신쳬를 차즈러 갓던니, 이리이리ᄒ여 신쳬를 그릇 박고와 가지고 힝상(625)의 오다가 듸풍을 만나 것잡지 못ᄒ던니, 그 잇튼날 비가 빅운산 언덕의 다앗거늘, 마지 못ᄒ여 육노로 힝할 차의, 신쳬를 염습 하랴 하던이 문득 신쳬 이러 안즈며 말하거늘, 놀나 자셰이 본이 부친이 안니여늘, 실노 고이ᄒ여 자셔이 물느 즉, 그 사람니 말ᄒ여 왈,

'나

---

625) 행상(行喪). 주검을 산소로 나름.

는 화셩 사람이라. 벼살리 틱슈로, 죄업시 아롱도의 귀양갓던니, 거의 쥬글 지경이 되여 이리이리 하여 환을 면하고 거즛 죽엄얼 베푸러 셤즁의 누어 살 계교를 싱각하고 겻희 죽엄의 오슬 박고와 입고 살기를 도모ᄒ던이, 그듸등이 나를 닌도하니 감사ᄒ노라.'

하거늘, 드르미 낙심ᄒ여, 그 사람의 의복을 낫낫치 긔록하여 가지고 다시 아롱도의 드러가 부친의 신체를 차자 와 안장(626)ᄒ고, 그 낭즁(627)의 픠가 잇기로 심심장지(628)ᄒ여 만일 왕공을 만나면 젼홀가 하엿던이, 이졔 여러 ᄒᆡ 되도록 만나지 못하니 파라 쓰고자 ᄒ노라."

왕능이 듯기를 다ᄒ고 눈물을 흘녀 왈,

"이 픠 임자는 싱의 부친이라. 무죄이 아롱도의 젹거ᄒ신 후 만셰(629)를 바라신가 하엿던니, 니졔 붓친의 함짜를 뵈온니 웃(지) 반갑지 안니하리오. 비러 문난이 ᄒᆡ변의셔 써날 찌의 붓친 갓신 곳을 아르신익가?"

최진 왈,

"다른 마른

읍고, '산즁의 잣최을 감초리라' 하고 동북을 향ᄒ여 가던이다."

하거날, 왕능이 가로듸,

"이 픠는 붓친의 픠라, 원컨듸 갑슬 쥬고자 ᄒ노라."

최진 왈,

"아무리 직무리(630) 귀ᄒᆞᆫ들, 웃지 남의 붓친의 함자을 탐욕하리오."

---

626) 안장(安葬). 편안하게 장사 지냄.
627) 낭중(囊中). 주머니 속.
628) 심심장지(深深藏之). 물건을 깊숙이 감추어 둠.
629) 만세(晩歲). 만년(晩年). 나이가 들어 늙어 가는 시기.

하며 닉여 쥬거늘, 왕능이 비사[631]하고 붓(친)을 차자 가더라. 한곳의 이르러 구름 속으로 청아한 소리 들이거날, 그 곡조의 하엿스되,

'일낙셔산[632] 져문날의 필마단긔[633] 짓쵹마소.
빅운산 놉푼 봉의 쳔셰용을 차자셰라.
쳔셰용 차자가면 부자상봉 하올리다.'

하엿더라. 왕능이 이 노릭를 듯고 황년[634]이 씻쳐 공즁을 향ᄒ여 무슈이 사례ᄒ고 빅운산으로 향ᄒ니라.

각셜 잇ᄯ 왕공이 노옹으로 셰월을 보닉던이, 일일은 노옹이 산의 올나 치약[635]하던이, 바회 밋흐로 큰 거복이 나와 소리를 지르던이 문득 변ᄒ여 상쳔비슈[636]되여 셔긔 영농하거늘, 가장 그이ᄒ여 그 칼을 가

79쪽

지고 도라와 왕공ᄭ 슈말을 이른니, 왕공 왈,
"상셔가 ᄂ면 국은[637]이 왕셩ᄒ난이 혹 무삼 길조 잇슬가 하ᄂ이다."
노옹니 그 카를 벽상의 거러두고 시사를 엿보더라.

일일은 한 소년이 준총을 타고 문의 이르러 쥬닌을 찻거늘, 노옹니 그 사람을 마자 답예ᄒ고 거쥬와 셩명을 무르신이, 그 소년이 공슌이 빈례[638] 왈,

---

630) '재물이'
631) 배사(拜賜). 웃어른이 주시는 것을 삼가 공손히 받음.
632) 일락서산(日落西山). 해가 서산으로 떨어짐.
633) 필마단기(匹馬單騎). 혼자 한 필의 말을 탐. 또는 그렇게 하는 사람.
634) 황연(晃然). 환히 깨닫는 모양.
635) 채약(採藥). 약초나 약재를 캐거나 뜯어서 거둠.
636) 상천비수(霜天匕首). 서리가 내리는 밤의 하늘과 같이 날이 예리하고 짧은 칼.
637) 국운(國運). 나라의 운명.
638) 배례(拜禮). 절하는 예(禮). 또는 절하여 예를 표함.

“소싱의 셩은 왕이요, 명은 능니요, 거쥬난 구의산 빅흑사의 사옵나이다.”

노옹이 왕공을 도라보아 왈,

“공의 동셩639)이 왓난이, 동승은 빅딕의 짓친640)이릭 일너슨니 더부러 말삼ᄒᆞ소셔.”

왕공이 능을 보고 왈,

“그딕 왕씨라 하니, 뉘집 자소이며 명조641)난 뉘신익가?”

능니 딕 왈,

“명조난 광쳔군이옵고, 소싱이 팔자 긔박ᄒᆞ와 일즉 하날을 모로나이다.”

왕공니 가로딕,

“광쳔군의 자손이면 부여조642)난 누구시요?”

능이 딕 왈,

“싱의 고조난 이부상셔시고, 붓친은 영쳔 틱슈를 지닉엿삽나이다.”

하거늘,

80쪽

왕공이 이 말을 듯고 크게 의심ᄒᆞ여 헤오딕,

'닉 일즉 자식이 옵거늘, 아지 못게라 소씨 됴결의 집의 드러갓다 ᄒᆞ던이 과년 그 혈륙을 씻치고 왕가로 층ᄒᆞ난가.'

의혹이 만단하여 가로딕,

“붓친이 틱슈을 지낫다 ᄒᆞ니 그딕 못친은 뉘라 ᄒᆞ며 어딕 닌ᄂᆞ요?”

능이 크게 의심ᄒᆞ고, 쏘 오다가 션닌의 노릭를 싱각ᄒᆞ여 비창한 마음을 금치 못하여 이러 졀ᄒᆞ고 가로딕,

---

639) 동성(同姓). 같은 성(姓).
640) 백대지친(百代之親). 먼 조상 때부터 가까이 지내 온 집안 사이의 친분.
641) 명조(名祖). 명조상(名祖上). 이름난 조상.
642) 부여조(父與祖). 아버지와 할아버지.

"소싱의 나히 방금 십삼셰라. 붓친 젹거ᄒ실 ᄣᆡ의 소싱이 복즁의 잇사와 모친이 ᄆᆡ양 말삼ᄒ시기를 '네 붓친이 너 복즁의 닌난 쥴 모로고 아롱도의 젹거ᄒ셧다' 하던이."

왕공이 싱각한니 집 ᄯᅥ난지 과년 십삼셰라. 심즁의 황홀하고 반갑기 긔 지읍스나 짐즛 ᄯᅩ 가로ᄃᆡ,

"그ᄃᆡ 못친이 웃지웃지 하여 구의산 빅학사로 간는요?"

능이 왈,

"못친의 말삼 듯사온니, 부친 젹소의 가신 후 못친이 빅학사 불젼(643)의 시쥬하신 후로 노승이 못친을 뫼셔 빅학사의

유하시ᄂᆞ이다."

공이 ᄯᅩ 가로ᄃᆡ,

"드르니 소씨 조결의 집의 단긴다 하니 오른 마리요?"

능니 ᄃᆡ 왈,

"웃자온니 뇨셜리 불의을 힝고사 하니, 노승니 급히 구ᄒᆞ고 형산 구미호를 보ᄂᆡ여 이리이리 ᄒᆞ엿다 ᄒᆞ던이다."

왕공니 그제야 의심을 파하고 눈물을 흘이며 능의 손을 잡고 낭누 왈,

"나난 영쳔 틱슈 아모라. 복즁의 잇든 자식을 이졔 만날 쥴 웃지 ᄯᅳᆺ하엿스리요."

너무 반갑고 질거워 방셩통곡 하신이, 왕능이 붓친 슬상(644)의 업더져 ᄃᆡ셩통곡하니 초목이 셜워하고 금슈 낙누하더라. 능이 붓친을 위로 왈,

"왕사를 싱각 마르소셔."

닌ᄒᆞ여, 구의산 빅학사의 자라난 말삼이며, 못친이 항상 붓친의 말삼ᄒ시던

---

643) 불젼(佛殿). 불당(佛堂).
644) 슬상(膝上). 무릅의 위.

마리며, 노승이 한가지 도슐을 비호던 마리며, 딕사 쳔문을 보고 딕명 틱자 사라게신 말삼이며, 딕시 이리이리ᄒᆞ여 용마 웃던 마리며, 집을 써나 금능의 이르러 붓친의 금픽를 만ᄂᆞ 차자 온 말삼이며,

82쪽

만상딕의셔 션닌의 노릭 이리이리 하읍기의 이리 차자 온 말삼을 난낫치 고ᄒᆞ니, 왕공이 쏘 아롱도의 드러가 병드러 거의 죽을 넌이 션동이 와 구한 말과, 여차여차 하여 최진의 비의 실여 딕히 건ᄂ 말리며, 자최르 감초와 빅운산의 드러와 노옹의 힘으로 사라난 말이며, 자슐리 와셔 소씨 조결의 집의 드러가 고약ᄒᆞᆫ 변니 잇던 말을 다 ᄒᆞ며 눈물리 비오듯 한니, 노옹이 조흔 말노 위로 하시고 가로딕,

"공자의 얼굴을 보니 보금[645] 임자는 반다시 이 사람이라. 웃지 젼하지 안니ᄒᆞ리요."

하며 벽상에 걸닌 보금을 닉여 쥬니, 능이 사례ᄒᆞ여 왈,

"존닌의 덕으로 붓친이 게시니 은혜를 쳔츄[646]의 웃지 다 갑사오며, 쏘 보금을 쥬오신이 더옥 감사ᄒᆞ와이다."

노옹 왈,

"공이 긔흔[647]을 씌고 갈 곳이 읍셔 날갓튼 늘근이를 차즈오믹, 송엽으로 조셕을 견딕여 왓슨니 무삼 공이 잇스리요."

하시더라. 능이 붓친게 엿자오딕,

83쪽

"못친이 구의산의셔 붓친 존모[648]를 아지 못하오신이 일시 민망하온지

---

645) 보검(寶劍). 보배로운 칼.
646) 천추(千秋). 오래고 긴 세월. 또는 먼 미래.
647) 기한(飢寒). 굶주리고 헐벗어 배고프고 추움.

라. 소자와 한가지로 도라가오셔 못친을 뵈읍는 일리 오를가 하느니다.”

공이 허락ᄒ시고, 잇튼날 노옹게 ᄒ즉하니, 노옹이 환약 세기를 쥬시며 왈,

“공이 세상의 나가시면 화식[649]얼 면치 못할 거신이, 만일 이 약을 먹지 안니하면 살기를 바라지 못하린이 가지고 가소셔.”

ᄒ거날, 왕공이 바다 가지고 무슈이 치ᄒᄒ고 ᄯ논이, 구의산으로 향ᄒ이라.

시의 부인이 아자[650]를 닉여 보닉고 ᄆᆡ양 사모하던이, 일일은 한 ᄭᅮᆷ을 어든이 범이 식기를 다리고 부닌 겻히 안자 뵈거날, 놀나 ᄭᆡ다른니 남가일몽이라. 딕사게 몽사를 말ᄒ니 딕사 이윽히 싱각하더니 깃분 비슬 ᄯᅴ고 가로ᄃᆡ,

“분명 왕공니 공자를 다리고 오시도다.”

하거늘, 부닌 왈,

“왕공은 빅고리 진퇴되역거늘 실노 허황ᄒᆫ 마리로다.”

마를 맛지 못ᄒ여 시비 노졈이 급피 드러와 엿자오ᄃᆡ,

84쪽

“동구 박게 읏더ᄒ 사람이 말을 타고, 그 뒤의 공자 ᄯᅡ러 오신나이다.”

부닌이 반겨 급히 나가 본이 과년 공자로ᄃᆡ, 마상의 앗는 사람은 의의[651]하여 ᄭᆡᄃᆞᆺ지 못할넌니, 졈졈 각각[652] 오ᄆᆡ 부닌이 자셔이 본이 틱슈 분명ᄒ거늘, 너무 반갑고 질거워 취ᄒᆫ듯 어린 듯 왕공의 소ᄆᆡ를 잡고 말을 이루지 못하고 긔운이 막혀 그졀ᄒ거늘, 왕공니며 공자 황황망조[653]ᄒ여 급히 약

---

648) 존몰(存沒). 존망(存亡).
649) 화식(火食). 불에 익힌 음식을 먹음. 또는 그 음식.
650) 아자(兒子). 아이.
651) 의의(依依). 기억이 어렴풋하다.
652) ‘가까이’
653) 황황망조(遑遑罔措). 마음이 급하여 어찌할 줄을 모르고 허둥지둥함.

슈를 입의 드리온니 니윽고 정신을 씨쳐 가로되,

"이거시 꿈닌가? 싱신가?"

하며 통곡하니, 구의산니 무식ᄒ고 초목 금슈 다 스러ᄒ더라. 왕공이 쏘한 슬품얼 이긔지 못하여 눈물리 오셰 사맛첫더라. 슬품얼 강잉하시고 부닌을 위로하신이 부닌이 게우 진정하거날, 왕공니 그졔야 일장 셜화를 난난치 일너 왈,

"무죄이 사지의 님ᄒ니 만니 산쳔의 눈물 분이요."

허다 고싱한 젼두사년654)을 난낫치 셜화한이, 부닌이 말삼을

85쪽

듯고 놀나고 슬어ᄒ여 왈,

"상공이 쩌나실 쩍의 셔간 보고 놀나 자결코자 하던이,"

시비 노졈이 구ᄒ든 말과 작초지종을 난낫치 말할 식, 왕공이 노승을 무슈이 칭찬하여 왈,

"거의 죽게 될 지경의 션동니 와셔 구하엿슨이, 이난 이 셰존의 널부신 덕이익가 죽어 빅골리 진퇴되여도 딕덕을 다 갑지 못하리로다."

노승 왈,

"부닌의 지극한 정성을 하ᄂ리 감동하신 빅ᄅ. 웃지 소승의 덕이라 하오리가. 그러하오나 상공의 닉외분 익운니 다 진ᄒ엿사온니, 니압흔 조흔 일리 무궁하올 거신이 왕사655)를 싱각지 마르시고 너무 셜워 마압소셔."

왕공니 니날 목욕직게하고, 부닌으로 더부러 불젼의 나아가 분향직빅656)하고 셰존의 널부신 덕틱을 무슈이 축슈하시더라.

잇쩌난 무닌년 츄구월리라657) 왕능이 부친게 엿자오되,

---

654) '전후사연'
655) 왕사(往事). 지나간 일.
656) 분향재배(焚香再拜). 향을 피우고 두 번 절을 함.

"소자의 평싱 한이 됴학의 머리를 베여 붓친의 원슈를 갑고, 쏘 딕명을

회복하자 ᄒ엿삽던니, 명쳔이 도으사 붓친이 사라 뵈온니, 니졔난 딕의를 베푸러 몬져 틱자를 차자 뵈옵고 딕군을 거나려 사즉을 회복하올지라. 소직 슬ᄒ를 써나 틱자 거취를 알고 도라오리다."

하거날, 틱쉬 가로딕,

"네 츙셩은 그러하나 십삼셰 유아를 젼장의 보닉고 웃지 일시나 마음을 노으리요."

하신딕, 노승 왈,

"공지 비록 어리오나, 옛날 항젹이 이십의 츌젼ᄒ엿슨이 공지 십삼셰 츌젼이나 항젹이 웃지 공자의 지략을 당ᄒ올리가. 조곰도 염여ᄒ여 말유[658] 치 마옵소셔."

왕공이 부득이 허락ᄒ신이, 왕능이 깃거 하즉하고 용총을 익글고 산문을 나이라.

각셜 츄향산 역관[659]이 장계[660] ᄒ엿스되,

'젼됴 틱후 아롱도의 영거[661]ᄒ여 가옵던이, 모월 모일의 츄향산 역촌의 지닉옵던니, 됴거리 군을 거나려 사자 십여 닌을 다 버히고 틱후를 아셔 가지고 간 곳지 업사오니 연

---

657) 戊寅年 秋九月.
658) 만류(挽留). 붙들고 못하게 말림.
659) 역관(驛館). 역참에서 인마(人馬)의 중계를 맡아보던 집.
660) 장계(狀啓). 왕명을 받고 지방에 나가 있는 신하가 자기 관하(管下)의 중요한 일을 왕에게 보고하던 일. 또는 그런 문서.
661) 영거(領去). 함께 데리고 가거나 가지고 감.

　유를 상달하나이다.'

흐여거날, 황제 듸경하사 제신을 도라보아 왈,

　"죠걸은 짐의 아로라. 셩품이 편벽[662]되여 짐을 비반한니 니난 불츙이라. 웃지 그겨 두리요. 밧비 염찰[663]을 보늬여 닌난 곳을 차지라."

하고, 염찰사를 졍흐여 용믱 닌난 군사 오십 명을 쥬어, 쥬야로 보닌이라.

　잇쩍 왕능이 바로 셧촉으로 향홀 싀, 무림산을 다다른니 기리 험하여 말을 잇끌고 즁악을 올나가던니, 문득 바람이 이러나며 셔북간으로 이어 무삼 소릐 진동흐거날, (왕)는이 고히하여 누푼 암상[664]의 올나 바라본니 두 사람이 싸오거날, 자셔니 본이 하나는 키가 굿쳑이요 얼고리 집빗갓고 눈의 광치 잇스며 슈염은 상각슈[665]라 위풍이 늠늠하더라. 쏘 하나는 키가 팔쳑이요 얼골리 관옥갓고 풍치 광활한니 장부의 긔상이라. 두 사람이 듸젼할 싀, 당이 쩌지고 바회 부셔지더라. 종일토록 싸오되 셩

부를 결치 못하고 셔로 물너나 가로듸,

　"명일은 자웅[666]얼 결단하리라."

하고, 각각 산곡[667]으로 드러가거늘, 능이 크게 의심하여 나리 황혼이라. 말을 익끌고 슈리를 나아가니 바회 밋헤 한 무덤이 닉고 겻히 석비[668] 셧슨

---

662) 편벽(偏僻). 생각 따위가 한쪽으로 치우쳐 있음. 또는 정상에서 벗어날 정도로
　　지나침.
663) 염찰(廉察). 몰래 남의 사정을 살핌.
664) 암상(巖上). 바위 위.
665) 삼각수(三角鬚). 두 뺨과 턱에 세 갈래로 난 수염.
666) 자웅(雌雄). 승부, 우열, 강약 따위를 비유적으로 이르는 말.
667) 산곡(山谷). 산과 산 사이의 움푹 들어간 곳. 산골짜기.
668) 석비(石碑). 돌 비석.

니 '후진 명장 울지덕 묘라' ᄒᆞ엿거날, 그 무덤을 의지ᄒᆞ여 밤을 지닉던니 삼경의 이르러 문득 한 사람이 팔쳑창금을 들고 언년이 이르러 능을 향ᄒᆞ여 읍하거날, 능니 비록 심즁의 의심되나 이러ᄂᆞ 읍하고 좌를 즁ᄒᆞ고 그 사람이 가로ᄃᆡ,

"소장은 울지덕일넌니, 고혼[669]니 빅골을 즉희고 이 산의 거ᄒᆞ엿삽던니, 일젼 구의산 신영이 셰존의 명을 바다 소장게 분부하오시되, '명일은 ᄃᆡ명 ᄃᆡ원슈 님하실 거신이 소장의 음신갑[670]을 닉여쥬라' 하시거날, 소장이 쳥영[671]하고 왕원슈 오시기를 기다리던이, 구봉산 동쳘리 그 산 신영의 말을 바다 갑오슬 아셔가랴 ᄒᆞ거날, 동

89쪽

쳘리 구리쇠 님아[672]요 무쇠 몸이라. 긔운니 져린[673]ᄒᆞ여 세상의 당할 지 음난니, 소장이 여러날 싸와 셩부를 결단치 못하넛난니, 봉망 원슈난 싸홈의 장간 그드려 쥬시면 돌쳘의 머리를 버히고 갑쥬[674]를 젼하리니다." ᄒᆞ거날, 능이 가로ᄃᆡ,

"션싱이 가라친 바난 명심불망[675]하오련니와, 동쳘리 장군의 갑오슬 앗고자 함은 무삼 ᄯᅳᆺ진익가?"

덕이 왈

"됴학은 구봉산 졍긔를 타고 낫스믹, 그 신영이 동쳘을 닌도하여 됴학을 위코자 함이라."

---

669) 고혼(孤魂). 의지할 곳 없이 떠돌아다니는 외로운 넋.
670) 가슴을 가리는 갑옷.
671) 청령(聽令). 명령을 주의 깊게 들음.
672) '이마'
673) 절륜(絕倫). 절등(絕等). 아주 두드러지게 뛰어남.
674) 갑주(甲冑). 갑옷과 투구를 아울러 이르는 말.
675) 명심불망(銘心不忘). 마음에 깊이 새겨 두어 오래오래 잊지 아니함.

능이 딕명 회복할 뭇칙을 무른딕, 그 사람이 딕답지 아니ᄒ고 이러나 문 득 간 곳 읍거날, 능이 마음이 슈란676)ᄒ여 밤이 맛도록 잠을 이루지 못하다 가 나리 발거날, 능니 그 무덤의 나아가 신영을 위로하여 졀하고 셕비를 본니, 글 한 귀 익거날 하엿스되, '용총천강구의산이요 갑진무림검빅운니 라'677) 하역거날 그 글 쯧슨 '용총은 구의산의 나리오고 갑옷슨 무림

90쪽

산의 잇스며 카른 빅운산의 잇다' 하엿더라. 능이 그 무덤의 직비ᄒ고 그 신녕흠얼 탄복하던이, 문득 셔딕으로 바람이 이러나며 동쳘리 나오거날 쏘 슈목 사이로 울지덕이 나와 동쳘을 마자 싸혼니, 셔로 부든난 소릭 벽역 갓거날, 살펴보니 울지덕이 긔운니 항상 부족하거날, 왕능이 긔운을 가다듬 어 신금678)을 손의 들고 소릭를 지르며 달여드러 동쳘을 친이 동쳘리 딕경 ᄒ여 피를 흘이고 도망하난지라. 덕이 왕능을 사례ᄒ고, 장금을 드러 바회 를 가라치고 문득 간곳 읍거날, 능이 긔운을 다하여 그 바회를 드러닉고 보니, 그 바회 밋희 셕함679)이 잇거날, 열고 보니 과년 슌금 갑쥬 드러거날, 능이 딕희ᄒ여 갑쥬를 가지고 덕의 무덤의 빅비 사례ᄒ고, 말를 익쓸고 무 림산을 쩌나 여러날만의 셔촉을 이르니, 의의한 봉의 잔도을 노아거날, 잔 도를 지나 쳔봉을 너머 간이 빅마강이 둘너

91쪽

더라. 강촌의 밤을 지닉고 잇튼날 말을 치쳐 촉군을 바라본니, 광평의 일진 군마 장딕680)를 두르고 가운딕 한 사람이 용포를 닙고 용상의 좌긔681)하고,

---

676) 수란(愁亂). 시름이 많아서 정신이 어지러움.
677) 龍驄天降九義山 鉀在武林劍白雲.
678) 신검(神劍). 신묘한 검.
679) 석함(石函). 돌함.

여러 사람이 각각 모디(682)하고 좌우의 옹위(683)하엿거늘, 왕능니 벽상의 의지하여 진위를 살피던니, 문득 한 빅회 진즁의 쒸여들거날 왕능니 실노 고히흐여 용밍을 뵈히고자 흐여 용총을 타고 심금을 두르며 나난다시 진즁의 드러가 신굼이 한번 빈나며 빅호 짜의 궁그난지라. 능이 말을 닉려 디젼으로 드러가니 일진 장졸리 클게 놀나더라. 디하(684)의 복지하여 왈,

"소장이 여간 용밍으로 영읍시 법을 범흐엿사온니 황송하여이다."

황제와 졔신이 능의 지조를 보시고 크게 칭찬하시며, 거주와 셩명을 무르신디, 능니 부복 디 왈,

"소장은 화셩 사람이읍고, 셩명은 왕능니로소이다"

상니 가라사디,

"경이 화셩잇스면 영쳔 티슈 왕빈을 아난

92쪽

다?"

능니 왈,

"소장의 붓친이로소니다."

상이 드르시고 츄년(685) 탄 왈,

"츙신지자난 츙신(686)이로다. 경이 짐을 웃지 알이요. 짐은 곳 디명 티자

---

680) 장대(將臺). 장수가 올라서서 명령·지휘하던 대. 성(城), 보(堡) 따위의 동서 양쪽에 돌로 쌓아 만듦.

681) 좌기(左旗). 조선 시대에, 임금의 거둥 때 무예청의 왼쪽에 세워 두던 기. 푸른 바탕에 기면의 가장자리 빛깔은 노랗다.

682) 모대(帽帶). 정복(正服)을 입을 때 쓰던 사모(紗帽)와 각띠를 아울러 이르는 말.

683) 옹위(擁衛). 좌우에서 부축하며 지키고 보호함.

684) 대하(臺下). 대의 아래.

685) 추연(惆然). 처량하고 슬픔.

686) 忠臣之子忠臣. 충신의 아들은 충신이다.

라. 셩종황졔 붕하신 후로 됴학이 사즉을 기우려 듸위를 아슨이 웃지 망극지 아니하리요. 모월모일의 됴학에 흉봉을 피하여, 이리이리하여 이곳의 드러와, 여러 츙신의 힘을 입어 사즉을 안보할가 하고, 군사로 하여금 날노 년습한지 누년[687] 니로듸 명장을 웃지 못하여 한탄하던이, 하날리 지시하사 그듸를 만난니 짐의 복인가 ᄒ노라."

하신이, 왕능이 틱자를 만나미 다힝ᄒ여 쥬 왈,

"소장이 산즁의 잇셔 만민의 우룸소릐를 듯고 분한 마음을 참지 못하여 즉시 됴학을 버혀 분을 풀고자 하던이, 싱각하오니 무명지장은 쓸듸 읍사와 불원쳔이ᄒ읍고 이곳의 와 듸왕을 뵈오니 웃지 반갑지 안니ᄒ오며, ᄯᅩ 붓친이 영쳔 틱슈로 잇슬쎡

93쪽

의 됴학이 사사(로운) 원으로 사지의 젹거하여 거의 죽게되엿던니, 쳔신이 도ᄋ사 이리이리하와 죽기를 면ᄒ엿사오나, 소장에 마음이 웃지 졀분치 아니하로리가."

상이 무년[688] 창괴[689]하사 졔신을 도라보시고 왈,

"한왕 유방은 이곳의셔 명장 한신을 어더던니, 짐은 왕능을 으더슨니 무산 근심이 잇스리요."

모든 츙신더리 왕능의 위풍 장악[690]을 보고 셔로 칭찬ᄒ며 즐기더라. 나리 져물미 환궁하시고, 잇흔날 상이 제갈현으로 하여금 단을 모흐고, 틱일ᄒ여 왕능으로 듸원슈[691]를 봉하시고, 잔치를 비셜하여 질긔시더라.

잇디는 게유 이월리라.[692] 군사를 졍고[693]하니 졍병 팔쳔니요, 명장이 육

---

687) 누년(累年). 여러 해.
688) 무렴(無廉). 염치가 없음을 느껴 마음이 부끄럽고 거북함.
689) 참괴(慙愧). 매우 부끄러워함.
690) 장략(將略). 장수로서의 지략과 기량.
691) 대원수(大元帥). 군대의 제일 높은 계급인 원수를 더 높여 일컫는 말.

십여 닌이라. 도위 셜용틱의 용밍이 비범ᄒ여 션봉을 졍ᄒ고, 이날 틱군을 발힝홀 시, 원쉬 용총을 타고 몸의 음신갑을 닙고 우슈의 신금을 들고 좌슈의 쳘편을 드리스며 ,

94쪽

군사를 지휘ᄒ여 완완(694)니 진퇴ᄒ며 영을 닉려 왈,

"팔쳔군은 드르라. 초픽왕이 강동자졔 팔쳔을 거나리고 강을 건너 진나라 사슴을 닷토다가, 비록 셩고은 못ᄒ여스나, 팔쳔군니 심복이 간졀하여 비록 심만 병이 다 훗터지되 팔쳔제장은 픽왕으로 사싱을 한가지 ᄒ녇난니, 닉 이졔 너의 팔쳔을 다리고 잔도를 건너 사싱을 한가지 하랴나야, 만당이(695) 쳐자의 ᄯᅳᆺ슬 두지말고 심을 다ᄒ여 큰공을 이루라. 만일 영을 어기난 자면 사졍이 읍스리라."

하시며, 긔를 한번 두르면 팔쳔 군시 일시의 응한니, 일신의 슈족 늘이덧 하더라. 상이 보시고 그 장함을 칭찬하시고, 츙신더리 셔로 일너 왈,

"원슈의 군법은 졔갈무후(696)라도 웃지 이의셔 더하리요."

하며 질겨하너라. 오일만의 님졍의 이르리 격셔를 젼한니, 남졍영 종후만이 불의지변을 당ᄒ여 살기를 구하여 손을 모와 항복하

---

692) 癸酉年 二月.
693) 점고(點考). 명부에 일일이 점을 찍어 가며 사람의 수를 조사함.
694) 완완(緩緩). 긴장하거나 빡빡하지 않고 여유가 있다.
695) '맛당이'
696) 제갈량(諸葛亮, 181~234). 중국 삼국 시대 촉한의 정치가. 자('字')는 공명(孔明). 시호는 충무(忠武). 뛰어난 군사 전략가로, 유비를 도와 오(吳)나라와 연합하여 조조(曹操)의 위(魏)나라 군사를 대파하고 파촉(巴蜀)을 얻어 촉한을 세움. 유비가 죽은 후에 무향후(武鄕侯)로서 남방의 만족(蠻族)을 정벌하고, 위나라 사마의와 대전 중에 병사(病死).

거날, 원슈 군긔(697)와 군양(698)을 거두오고 조후만으로 슈군별사를 정하여 팔쳔 제자로 더부러 남정 군사로 거둔니, 일만 오쳔 명니요 젼마 삼쳔 필리라. 삼일 유진(699)하고 잇튼날 힝군ᄒ여 셔쥬로 향하니라.

각셜 조거리 운쥬의 드러가 밍겸으로 더부러 젼후슈말을 이르고, 즉시 긔병ᄒ니 군사 이만 명이라. 밍겸이 션봉되고 됴걸른 후군장이 되여 츄향산의 이른니, 셔게슉이 틱후를 뫼시고 나오거날, 됴거리 틱후를 뫼셔 장딕의 뫼시고 모든 츙신의 부니이 한가지로 호위하시다. 이날 군을 모라 강도를 엄살(700)하니 강도 부슌(701)니 도망하거날, 군마를 거두어 셔도로 향ᄒ이라.

각셜 됴강노 사자를 다리고 강셔의 이르러 됴걸을 탐지하다가 도로혀 딕군을 만나미, 황겁ᄒ여 급피 황셩의 올너가 고한딕, 황졔 딕로하여 빅관을 분부하여 즉시 군사 오만 명을 거두어 장

슈 칠십여 원을 틱졍(702)한이라. 황졔 분을 이긔지 못하여 빅관을 거나리고 친이 남진으로 향하더라.

각셜 왕원슈 셔쥬를 치고 소흥의 이른니 군사 보하되,

"됴거리 틱후를 뫼시고 밍겸으로 더부러 딕군을 일ᄒ여 강셔의 유진하미, 됴학이 분을 이긔지 못하자 당군얼 거나리고 남진을 향ᄒ다."

하거날, 상이 드르시고 차경차탄(703) 왈,

---

697) 군긔(軍旗). 각 단위 부대를 상징하는 기.
698) 군량(軍糧). 군대의 양식.
699) 유진(留陣). 군사들이 머물러 있음. 또는 군사들을 머물러 있게 함.
700) 엄살(掩殺). 별안간 습격하여 죽임.
701) 부윤(府尹). 조선 시대의 지방 관아인 부(府)의 우두머리.
702) 택정(擇定). 선정(選定). 여럿 가운데서 어떤 것을 뽑아 정함.
703) 차경차탄(嗟驚嗟歎). 일변 놀라고 일변 탄식하다.

"됴걸의 충절른 실노 범상치 안토다. 그러느 티후 웃지 남진의 유하신고?"

못니 사모하사, 급피 사자를 명호사 남진의 보니여 소식을 알고져 하시다. 제갈현니 엿자오디,

"됴학니 만일 남진을 치(것) 갓스면 반다시 도성이 부여슬지라. 선왕의 궁궐을 웃지 일시나 부도한 놈의게 막기리요. 티704)를 타 먼져 도성을 악고 폐히 궁궐노 이어705) 하시고, 디군을 모라 도적을 파홈이 가하여이다."

하거날, 상이 원슈를 보시고 이 말숨을 하신이, 원슈 왈,

"됴학이 아

97쪽

즉 셔군은 모로고 남진을 향호엿스니, 도적을 족히 파홀지라. 현의 말리 가하와이다."

하니, 상이 허락하시거늘, 원슈 긔를 둘너 군을 지촉하여 바로 황성으로 향하시이, 이쎄 빅성이 티자 긔군하신단 말을 듯고 구룸 모이듯 하더라. 원슈 쥬야로 힝하여 황성의 이른니, 도성 군시 성문을 구지 닷고 직희거늘, 원슈 웨여 왈.

"명황졔 님하여 게신이 문을 밧비 열나."

하니, 슈문장 막총이 디답하여 왈,

"우리는 완국 황졔를 위호난 사람이라. 명황졔를 뉘 알이요."

하거날, 원슈 디로하여 왈,

"너도 디명 토지의 자란 몸이라, 이럿틋 거역하니 웃지 살여두리요."

하고, 쳘퇴를 드러 성문을 치니 문니 부서지난지른. 마총니 놀나 카를 들고 문을 막거늘, 원슈 칼을 날여 마총의 머리를 버히고 군을 익글고 드러

---

704) '때'
705) 이어(移御). 임금이 거처하는 곳을 옮김.

가며 좌츙우돌하니 셩중 군사 씨업더라. 원슈 무사를 명ᄒ여 됴학의 가속706)을 다

98쪽

결박ᄒ여 옥의 가도고, 황졔를 뫼셔 황극젼의 즌좌하시게 하고, 됴학의 벼살ᄒ던 간신을 일시의 쳐참707)하고, 잇튼날 날닌 군사 삼만과 무사 오십 명으로 각분708)하여 사딕문을 직히고, 원슈 셜용틱를 불너,
"군사 오만을 거나려 급피 남진으로 가셔 합셰하라."
하시니, 니난 틱후를 위ᄒ여 혹 낭픽 잇슬가 염여함일너라. 원슈난 졍병 칠십만을 거ᄂ리고 바로 됴학을 향ᄒ여 길을 쩌날 식, 진의 보닌 군사 됴걸의 쳡709)를 바다왓거늘 원슈 쳡셔를 황졔게 올이니, 상이 밧비 보신이 ᄒ엿스되,
'젼 형쥬자사 만고불츙 조걸른 빅비돈슈710)하고 황졔게 올니난이, 형 됴학의 부도은 하나를 딕ᄒ여 차마 말삼 못하리로소이다. 신이 형쥬 잇슬 찍의 남은 츙졀노 군을 일ᄒ여, 형을 버히고 사즉 안보할가 하엿삽던이, 불의예 틱자 흉봉을 만나오니 낙심하와 하날을 우르러

99쪽

통곡하읍다가, 차마 죽지 못하읍고 셔게슉으로 부도를 피ᄒ여 츄향산의 잣최를 감초와삽던니, 모월모일의 됴학이 쏘 틱후를 젹소로 보닉거늘, 신이 듯삽고 놀나와 이리이리하와 틱후를 구하읍고, 이날 쏘 군왕 소식을 듯사오

---

706) 가속(家屬). 식솔(食率). 한 집안에 딸린 구성원.
707) 쳐참(處斬). 목을 베어 죽이는 형벌에 처함.
708) 각분(各分). 물건 따위를 따로따로 나눔.
709) 쳡(牒). 예전에 쓰던 공문서의 하나. 글 쓰는 나무 쪽지라는 뜻으로, 작은 대쪽은 '첩', 큰 대쪽은 '책(冊)', 또 얇은 것은 '첩', 두꺼운 것은 '독(牘)'.
710) 돈수백배(頓首百拜). 머리가 땅에 닿도록 수없이 계속 절을 함.

니 신자 도리의 읏지 일신덜 안녕이 잇사올리가. 이날노 조차 거리의 방 붓치고, 운듀의 드러가 밍겸으로 더부[부]러 딕군을 이르고, 황후를 뫼셔 강셔의 이르러 문득 딕왕의 소식을 듯자온이 만만711) 복힝712)니오며, 이졔 신이 나아가 폐하를 마즐거시로딕 적진이 불구의 당홀지라. 복원 황졔는 옥체를 보즁하옵소셔.'

하여거날 ,상이 조걸의 츙졀을 칭찬하시고 원슈를 지촉하여,

"남진으를 구하라."

하신이, 원슈 군을 거나려 적진으로 향하이라. 구봉산 동쳘은 션황도사의 졔자라. 도시 일즉 천문을 보니, 팃자 쥭지 안니하고, 구의산 붓쳬 딕명을

100쪽

도와 회복하거날, 도시 크게 놀나 동쳘을 불너 연유을 이르고 산문의 나지 말나 당부하니, 동쳘이 듯지 아니하고 죵죵 산문의 나셔 시사713)를 탐지하 더니, 일일른 동쳘리 몸의 피를 뭇치고 드러오거늘, 무른니 답하여 왈,

"무림산 울지덕의 엄신갑을 악고자 하다가, 이리이리하여 왕능의 구함으 로 긔운만 허비714)하고 도라왓나이다."

도시 꾸지져 왈,

"구의산 빗친 익셩715)이 곳 왕능의 쥬셩이라. 이난 하나리 딕명을 회복고 자 하사 이 사람을 닉엿스니, 너난 부지럽시 발뵈지716)말나."

신신 당부하되, 동쳘리 곳집하여 션싱의 말을 듯지 안니 하던니, 잇쩌를 타 곳치안코717) 됴황진을 향하니라.

---

711) 만만(萬萬). 느낌의 정도가 헤아릴 수 없을 만큼 큼.
712) 복행(伏幸). 주로 편지 글에서, 자신의 다행함을 겸손하게 이르는 말.
713) 시사(時事). 그 당시에 일어난 여러 가지 사회적 사건.
714) 허비(虛費). 헛되이 씀. 또는 그렇게 쓰는 비용.
715) 익성(翼星). 이십팔수의 스물일곱째 별자리에 있는 별들.
716) 발보이다. 남에게 자랑하기 위하여 자기가 가진 재주를 일부러 드러내 보이다.

잇찍, 남진이 적진을 만나 셔로 싸울 시, 적진으로 한 장슈 나온니 니난 됴츙이라. 진젼의 횡힝하여 왈,

"됴걸아, 동긔718)를 모로고 항거한 일도 죄 즁하거던, 하물며 쳔긔를

101쪽

거역하니 네 목을 버혀 우리 딕왕의 분을 풀니라."
하거날, 됴걸리 분을 참지 못하여 닉다라 위여 왈,

"국가를 위하난 자난 집을 도라보지 아니하나이, 하물며 하날리 명호사 딕명 황제 덕힝이 요슌갓거날, 네 쳔의를 모로고 감이 나를 딕적고자 하니 닉 칼을 바드라."
하고, 달여드러 십여 합719)이 못하여, 됴걸의 창이 빗나며 됴츙의 머리 마호의 써러지난지라. 됴학이 장딕의셔 보다가 의심하여 왈,

"됴걸이 일즉 일셕미720)를 드지 못하던이, 긔운이 읏지 져러한고?"
한탄하더라. 후군장 조명셔 칼을 들고 닉다라 웨여 왈,

"악가난 네 굿촌 조츙을 쥬겨건이와, 네 팔촌 나를 능히 당할소야."
하며, 나난다시 달여들거날, 조거리 밍겸을 불너 왈,

"조명셔 긔운니 나의셔 십빈나 더흔지라. 그딕는 조심하여 딕적호라,"
하니, 밍겸이 즉시 말을 달여 마자 싸와 삼십여 합

102쪽

의 승부를 결단치 못하던이, 쏘 십여 합의 이르러 밍겸이 창을 날여 명셔의 말을 친이 걱구러지난지라. 명셔 딕경호여 도망하거날, 밍겸이 뒤를 좃차

---

717) '고(誥)하지 아니하고'
718) 동긔(同氣). 형제와 자매, 남매를 통틀어 이르는 말.
719) 합(合). 칼이나 창으로 싸울 때, 칼이나 창이 서로 마주치는 횟수를 세는 단위.
720) 벼 한 섬. 한 섬은 한 말의 열 배.

머리를 친이 금광721)을 좃차 명셔 머리가 쌍의 궁글거날, 밍겸이 창 솟희
쇠여들고 본진으로 도라온니, 조거리며 졔장이 크게 칭찬하더라. 젼진 즁으
로 쏘 한 장슈 나오거날, 이난 조학의 아달 봉이라. 토산말722)을 타고 장창
을 들고 소리흐여 왈,

　"사졍으로 하면 유부유자723) 간이요, 국법으로 디역불츙이라. 오희라, 슉
부난 쌜이 항복하여 황상의 분하시물 더게하라. 만일 그러치 안니흐면 불가
불 목을 버혀 황상의 근심을 덜이라."
하며 나오거날, 됴걸이 군문을 구지 닷고 밍겸다려 일너 왈,

　"봉의 긔운은 졀닌지역이라 조련724)이 잡지 어렵고 만일 봉을 쥬기면 그
나마지난 거지도량725)이라.　그

103쪽

　디 반다시 당치 못하리니, 실노 난쳐흐도다."
하던이, 문득 바라보니 팅자곡 가온디 뇌고함셩726)이 쳔지 진동하거날, 이
윽고 디명 션진장 셜용티 드러오난지라. 됴거리 디희하여 군을 푸러 션봉을
마자 합진하니, 진셰 엄슉하여 의긔 등등727)하더라.

　ㅅ의 됴학이 바라보고 크게 놀나명, 징728)을 쳐 봉을 거두고 진문을 구지
닷고 살펴보니, 체탐729)이 보하되,

---

721) 검광(劍光). 칼날의 빛.
722) 토산마(土産馬). 그 지방에서 특유하게 나는 말.
723) 유부유자(猶父猶子). 삼촌과 조카를 아울러 이르는 말.
724) 졸연(猝然). 쉽게 할 수 있는 상태에 있음.
725) 거재두량(車載斗量). 수레에 싣고 말로 된다는 뜻으로, 물건이나 인재 따위가
　　　많아서 그다지 귀하지 않음을 이르는 말.
726) 뇌고함셩(擂鼓喊聲). 북을 빨리 치는 소리와 여러 사람의 고함 소리.
727) 의기등등(意氣騰騰). 기상이 무서울 만큼 높음.
728) 쟁(錚). 징.
729) 체탐(體探). 몸소 알아봄

"명국 션봉장 셜용틱 비록 수만 병을 거나리고 왓스나 이난 근심읍사오되, 명국 틱원슈 왕능니 명황제와 한가지 셔촉의 군을 일흐여, 바로 남졍을 쳐 항복밧고 쥬야로 힉하여 도셩을 앗고, 틱후와 왕비를 결박하여 가두고, 왕능이 틱군을 모라 거의 쏘 님하게 되엿다."

하거날, 됴학이 틱경하여 가로틱,

"왕능은 웃더한 사람이요?"

틱 왈,

"젼조 영쳔틱슈 왕빈의 아달리라 하던이다."

됴학이 더옥 의심ᄒ여 왈,

"만일 왕빈의

104쪽

아들 갓트면 짐과 쏘한 틈이 잇스니 죽기로써 싸올지라. 그러나 졔 웃지 닉 아달 봉을 당하리요. 이난 근심읍스나 틱자를 닉 님의730) 죽겻던이 웃지 쏘 잇셔 이럿틋 한고."

하며 은근니 근심하더라. 이날 봉을 명ᄒ여 남북을 응하여 진을 치고 명진을 기다리더라. 명국 션봉 셜용틱 진문의 나셔며 워어 왈,

"역젹 조학아, 쳔시를 모로고 황졔라 칭하니 웃지 요망치 아니ᄒ리요. 썰이 나와 항복하라. 만일 더듸면 목을 버히리라,"

하니, 봉니 바라보다가 분을 참지 못하여, 말을 달여 마자 싸화 두 장슈 용밍이 상젹731)하여 오십여 합의 승부를 결치 못하더니, 날리 져물믹 젹진 의셔 징쳐 군을 거두거날, 셜용틱 본진으로 도라오며, 분을 이기지 못하거날, 조걸리 틱찬 왈,

"봉의 긔운얼 당치 못할가 염여하엿던니, 니졔 장군의 용믹을 보니 근심

---

730) '이미'
731) 상적(相敵). 양편의 실력이나 처지가 서로 걸맞거나 비슷함.

을 드난

이다."

셜용틱 웃고 왈,

"만일 젹진 즁의 다른 장슈 업스면, 어린 아희 봉은 우리 딕원슈 눈 한번 부릅쓰면 범압희 하로기야지[732] 갓틀지라. 무삼 근심 잇스리요."

조거리 가로딕,

"원슈는 뉘신익가?"

틱 왈,

"영천 틱슈 왕빈의 아다리라."

하거날, 됴걸이 놀나 헤오딕,

'왕빈이 젹거하믹 닉 임의 사약하여 쥭기고 그 부닌 소씨를 억탈ᄒ엿스니, 원쉬 날을 반듯시 쥭일지라.'

크게 근심하다가 이쓰스로 쥬달ᄒ니, 틱후 가르사딕,

"원슈 왕능이 만일 츙신갓트면 그딕 반다시 무사할지라. 그딕 츙성이 이러틋 하니 원슈 웃지 가사를 몬져 도라보리요. 경은 근심말나."

하신니, 됴걸이 오히려 염여하더라. 잇흔날 션봉장 셜용틱 쏘 진젼의 나가 됴학을 딕하여 무슈이 질욕[733]하이, 문득 웃쎠ᄒ 장사 칼을 두르며 나오거날, 셜용틱 마자 싸와 일합이 못하여 용틱 창긋희 젹장의 머

리 쇠여들고 왈,

---

732) '범 앞의 하룻강아지'
733) 질욕(叱辱). 꾸짖으며 욕함.

"어졔 날과 싸호던 장슈 어딕 간난요? 밧비 나와 자웅을 결하자."

하니, 봉이 딕분하여 말게 올나 나난다시 나오거날, 용틱 마자 싸와 슈십여 합의 불분승부라. 용틱 한번 소릭 질으며 공즁의 소슈던니, 용틱 칼이 빈나며 봉의 창든 파리734) 쩌러지난지라. 봉이 딕경하여 쩌러진 팔을 집어가지고 도망하여 진즁으로 드러가거날, 용틱 봉을 좃차 젹진 압희 이르러 바로 진을 헛치고 봉을 취코자 하던니, 문득 바라본이 셔딕로 딕풍니 이러나며 한 장슈 얼고리 직빗갓고 눈이 불셩이 갓고 구리쇠 이마의 무쇠 몸이요 슈염은 삼각슈라. 한번 보믹 다시 감이 향하지 못할너라. 셜용틱 말을 두루혀 본진으로 도리오니라. 이 장슈난 구봉산 동쳘이라. 긔운니 졀닌하고 슐법이 지묘하니 뉘 능히 당할 직 잇스리요. 됴학이 동쳘을 만나믹 딕희하여 즉시

107쪽

딕장군 딕원슈을 봉하고 가로딕,

"경이 힘을 다ᄒ여 큰 공을 셰우면 쳔하를 반분하리라."

잇튼날 동쳘이 진을 곳쳐 치고 명진을 살피본이 군사 삼십만의 각가온지라.

"만일 왕능이 이르러 합진하면 긔계 가장 클지라. 이졔 먼져 남진을 소멸하여 그 셰를 감하리라."

하고, 동쳘이 황긔를 두르며 북을 울이더라. 쳘이경735)을 황산 어귀의 베푸러스니, 니너736) 황제 헌훤씨 치우를 멸하랴 하고 쳔지 조화를 무한 엿보와 밍근 거시라. 치우의 진을 함몰코자 하시다가 빅셩의 잔명737)을 도라보아 차마 쓰지 못한 비라. 이졔 동쳘리 그 법을 비와 남진의 베푼니 십만 군사

---

734) '팔이'
735) 천리경(千里鏡). 천 리를 비추는 거울.
736) '이는'
737) 잔명(殘命). 얼마 남지 아니한 쇠잔한 목숨.

일조[738)의 망할 쥴 웃지 알니요. 동쳘리 풍빅을 호령하여 남진을 살난케
하며, 북치 한번 치[치]면 군사 슈십 명식 간고지 음난지라. 식경[739)이 못하
여 군사 슈만 명이 발셔 쳘의경 속의 드러갓슨이, 오희라 티후의 위급하심
을 뉘 능히 구하리요.

108쪽

남진 장조리[740) 다만 하날을 우러러 통곡할 분일너라.
잇쩍 원슈 뒤군을 거나리고 황산역의 이르러 밤을 지닐 식, 원슈 마음이
살난하여 잠을 이루지 못하여 잔등을 발키고 병셔를 보던니, 문득 청의동자
문열고 드러와 봉셔[741) 두 장을 쥬며 왈,
"구의산 뒤사 젼하던이다."
하거날, 원슈 뒤경하여 봉셔를 밧고 뒤사의 긔후를 뭇고자하더니, 그 동자
문득 간 곳 읍거날, 원슈 이러[이러]나 공즁을 향ᄒ여 무슈이 절하고, 그
봉셔를 본니 하엿스되,
'급한 이리 익거든[742) 차차 기퇵[743)ᄒ여 보라.'
하역거날, 원슈 혜오딕,
'압희 반다시 험한 이리 잇스리라.'
하고, 심신이 불안ᄒ여 월하의 빅회하다가, 쳔문얼 살펴본니 남진의 살
긔[744) 츙쳔하거날, 원슈 놀나 셜긔를 불너 왈,
"늬 이졔 밤을 타셔 남진의 급함을 구할지라. 그뒤난 날리 박거던[745) 군

---

738) 일조(一朝). 하루 아침이라는 뜻으로, 갑작스럽도록 짧은 사이를 이르는 말.
739) 식경(食頃). 밥을 먹을 동안이라는 뜻으로, 잠깐 동안을 이르는 말.
740) 장졸(將卒)들이.
741) 봉서(封書). 겉봉을 봉한 편지.
742) 일이 있거든.
743) 개탁(開坼). 봉한 편지나 서류 따위를 뜯어보라는 뜻으로, 주로 손아랫사람에
　　게 보내는 편지의 겉봉에 쓰는 말.
744) 살기(殺氣). 남을 해치거나 죽이려는 무시무시한 기운.

을 거나려 짜르라."

하고, 필마단창746)으로 남진으로 향하이라. 잇

109쪽

딘 밤이 상경747)이라. 한 곳의 이르러 나리 발거날, 촌민을 불너 강셔르 무른니, 기닌748) 왈,

"바로 가오면 삼빅이요, 도러 가면 오빅이로소이다."

원슈 장간 말만 하고 즉시 쩌난이라. 황산을 님하니 나리 오시의 이르러 거날, 원슈 바라본니 젹진 형셰 츄상갓고, 본진은 경막749)하여 군사 병든 모양 갓더라. 자셰이 본이 젹진의셔 북치난듸로 본진 군사 스러지거날, 원슈 듸경하여 자셰 살펴보니, 듸장 긔치750)의 금자로 쩌스되 '완국 듸원슈 구봉산 동쳘'이라 하역거날, 그제야 동쳘의 요술닌쥴 알고, 말을 달여 남지느이 드러가니, 셜용틱 원슈를 붓들고 듸셩통곡한니, 원슈 션동이 쥬던 일 자751) 봉셔를 쩌여본이 하엿스되,

'요괴한 슈지 감안이 말이경752)을 베푸러슨이, 풍자 셋과 홧짜 다셧슬 쩌 셔 동셔의 베풀나.'

하엿더라, 원슈 쓰슬 알고 쥬셔753)로

---

745) 날이 밝거든.
746) 필마단창(匹馬單槍). 한 필의 말과 한 자루의 창이란 뜻으로, 혼자 간단한 무장
    을 하고 한 필의 말을 타고 감을 이르는 말. 또는 그렇게 하는 사람.
747) 삼경(三更). 하룻밤을 오경(五更)으로 나눈 셋째 부분. 밤 열한 시에서 새벽
    한 시 사이이다.
748) 기인(其人). 그 사람.
749) 적막(寂寞). 고요하고 쓸쓸함.
750) 기치(旗幟). 예전에, 군대에서 쓰던 깃발.
751) 일(一)이라고 써 있는
752) 천리경의 誤記
753) 주서(朱書). 붉은색으로 글씨를 씀. 또는 그 글씨.

바람 풍자 셰셜 써서 셔방의 붓치고, 이난 풍빅이 사방 신장을 호령ᄒ게 함이요, 홧자 다섯슬 써서 동방의 붓친이 이난 화덕진군[754]이 변화를 이루게 함이라. 이윽고 셔북으로 딕풍이 이러나며 동남으로 황광이 이러나던이, 황산 건곤[755]이 녹난굿 하며 말이경이 쏘한 사라지난지라.

이ᄯᅵ 동쳘이 남진을 씨읍시 멸하리라 하던이, 문득 이러한 변을 보고 크게 의심하여 북을 직촉하여 치니, 바람이 불을 모라 북소릭 나난딕로 적직[756]으로 드러가니, 적진 장조리 불의지변을 당하여 혹 타셔 죽고 혹 데여, 죽난이[757] 동쳘의 군사라. 동쳘이 북칙를 던지고 도망하여 화산 어덕의[758] 진을 치고 불을 쓰며 분운하더라.[759] 이윽고 바람이 자며 화광이 침식[760]하거날, 남진 군식 그졔야 정신이 식식하여 닌사 분명한지라. 원슈 바라본니 황산 어귀의 무슈한 군식 스러젓거날, 급히 나아가 본니 남진 군사

여날 명이 거의 다 진하엿난지라. 원슈 약슈를 머기이, 이윽고 완닌[761]이 되여 원슈게 치ᄒ하더라. 원슈 병든 군사를 슈일 조레하라 하고, 틱후 젼의 복지하오신이, 틱후 원슈를 보시고 크게 치하ᄒ여 왈,

"경의 츙졀은 하나리 닉심이라. 만니 외국의 틱자 뫼신 츙졀이며, 쳔니 즌장의 딕공을 일흐여 고국 궁궐의 틱자 뫼신 공은 틱산이 가뷔웁고 하

---

754) 화덕진군(火德眞君). 불을 맡아 다스린다는 신령.
755) 건곤(乾坤). 천지(天地).
756) '적진'의 誤記
757) 죽는 것이 혹은 죽는 사람이.
758) 언덕에.
759) 분운(紛紜). 떠들썩하여 복잡하고 어지럽다.
760) 침식(寢息). 떠들썩하던 일이 가라앉아서 그침.
761) 완인(完人). 병이 완전히 나은 사람.

히762) 갓도다. 하물며 동철의 철이경에 거의 웃티한763) 군사를 구하엿슨이, 천츄만셰764)의 이 공을 웃지 다 갑흐리요.”

몬내 칭찬하오신니, 원슈 돈슈사은 왈,

“폐하 티후난 하나리 도으심이라. 웃지 신의 공이라 ᄒ오며, 역적 조학은 신의 원슈라, 적군을 소명한 후의 신의 공을 칭하옵소셔.”

문득 한 사람이 관765)을 벗고 원슈 압희 나아가 돈슈사죄하거날, 원슈 제장을 도라보아 왈,

“이난 뉘요?”

티후 왈,

“이 사람은 남진 츙신 조거리라. 그 공이 엿차엿차하니 실노 디

112쪽

명을 위한 사람이라. 그 츙절은 천고의 음난지라. 드른니 됴거리 원슈로 더부러 불공디천지슈라 하니 니난 용납지 못하리로되, 원슈 관후한 마음으로 국가를 도라보와 각별 싱각하라.”

하신이, 원슈 그졔야 됴거린 쥴 알고 과년 허락하여 왈,

“그디의 츙절을 익이 드른 비라. 날노 더부러 비록 원슈잇스나 국가의 디공이 잇슨즉 엇지 사원을 힝ᄒ며, 또 붓친이 사라게신이 그디난 조곰도 염여말고 심을 다ᄒ여 공을 일우라.”

하니, 조거리 크게 깃거 만만치하하고 이날붓터 츙절을 더욱 간절하더라.

됴학의 아달 봉이 쎠러진 팔의 쳘독766)이 드러 고통하던이 쥭난지라. 됴

---

762) 하해(河海). 큰 강과 바다를 아울러 이르는 말.
763) 위태로운.
764) 천추만세(千秋萬歲). 천만 년의 긴 세월.
765) 관(冠). 검은 머리카락이나 말총으로 엮어 만든 머리쓰개. 신분과 격식에 따라 여러 가지가 있음.
766) 철독(鐵毒). 쇠로 만든 기구에 다쳤을 때 생기는 독.

학이 되분하여 동쳘을 보고 왈,

"경이 짐의 원슈를 갑흐면 쳔(하)을 반분하리라."

동쳘리 탄식 왈,

"이상코 고이하던이다. 이번 쳘이경의 남진을 소멸코자 하엿던니, 왕능
이 풍화를 부려 나의 신슐[767]얼

113쪽

씨친이, 왕능의 지조 웃지 이러하리요. 명일은 심으로[768] 자웅을 결단하
리라."

잇튼날 원슈 먼져 진문의 나셔며 되질 왈,

"반젹 조학아. 명국 되원슈 왕능을 아난다? 네가 쳔시를 모로고 외릅이
쳔위를 엿보니 너는 살지무셕이라. 쌜이 나와 늬 칼을 바드라."
하난 소릐 쳔지 진동하니 양진 군사 놀나더라. 동쳘이 진문의 나셔며 눈을
부릅쓰고 상각슈 거사리고 크게 소릐하여 왈,

"아희 왕능은 무사하야? 무림산의셔 너를 장간 상면하엿건이와 감이 으
른을 모로고 당도릐 항거코자하니 요망하고 무지하다. 우리 황제 날노하여
금 너를 베히라 하신이 늬 맛당이 네 머리를 버혀 황상의 근심을 덜이라."
하고 달여들거늘, 원슈 마자 싸와 슈십여 합의 승부를 결단치 못하더라.
양장의 용밍을 보니 동쳘은 미양 몸쓴난 거시 질둔[769]하고, 원슈난 날늬미
쌔른 번긔 갓더라.

---

767) 신슐(神術). 신기한 재주. 또는 신통한 술법.
768) 힘으로.
769) 질둔(質鈍). 몸이 뚱뚱하여 행동이 굼뜸.

114쪽

　원슈의 신금이 미양 동쳘의 목의 이르되 종시 결단니 읍슨니, 셜용티 몬져 징을 친니, 원슈 본진의 도라와 징친 년고를 무른니, 셜용티 왈,

　"원슈 동쳘노 더부러 슈십여 합을 싸올시, 원슈의 카리 여러번 동쳘의 몸의 범ᄒ되, 결단이 읍기로 실노 고이하여 징을 쳔나이다."

　원슈 신금을 드러 자셰이 본이 나리 쓰러젹거날, 원슈 디경ᄒ여 왈,

　"동쳘은 실노 괴물이라 이 칼"770)

　"용밍잇난 장슈 업슨니, 니졔 왕능을 소기고 원슈 동쳘을 가만이 도셩의 보내여, 티자를 버히고 머리를 명진의 보니면 명진 장조리 승복771)ᄒ오리다."

　됴학이 그러이 여겨, 이날 밤의 동쳘을 가만이 도셩의 보닌이라.

　잇튼날 원슈 젹진 압희 나아가 싸홈을 도든니, 됴학이 군문을 구지 맛고 다만 북을 울이고 슈일 나지 안니하거날, 원슈 도라와 졔장더러 일너 왈,

　"도젹이 반다시 무삼 흉게

115쪽

　잇도다."

하며, 마음이 자년 살난하여 단의 올나 쳔문을 살핀이, 티자의 즉셩이772) 살긔 가득하거날, 원슈 디경하여 졔장을 불너 왈,

　"동쳘리 슈일 나지 아니하미 고이하여던이, 이졔 쳔긔를 본니 동쳘이 필경 황셩의 임ᄒ엿슨니, 디왕의 급한 환을 장차 웃지 하리요."

　급피 션동쥬던 봉셔를 더여본니, ᄒ엿스되,

　'말이 졔셩의 독닌츄ᄒ니 션장 츅지 게신마라'773)

---

770) 필사과정에서 내용이 결락된 부분.
771) 승복(承服). 납득하여 따름.
772) 주셩에.

그 글 쓰슨,

'말이 임금성의 독한 칼나리 쌔라슨니, 먼져 축지법을 베푸러 신마를 겡게하라.'

하엿더라. 원슈 셜용틱를 불너 왈,

"늬 이제 필마단창으로 동쳘을 조츨지라. 그듸난 군사 이만을 거(느)리고 틱평듸로를 즉희엿다가, 만일 동쳘이 오거던 엄습하면 제 반다시 남도로 갈거신이 쎄를 기다려 불을 지르라."

양장이 쳥영하고 각각 도라가 즉히닌이라[774]. 원슈 둔갑을 불너 축지법을 베풀고 용총을 경

116쪽

게하여 왈,

"네 비록 즘싱이나 듸명의 녹을 머근이 맛당이 힘을 다하여 국은을 갑흘지라. 이제 동쳘이 흉게를 늬여 님의[775] 황(성)의 갓슨니 실노 틱자 위틱혼지라. 다만 급히 가기만 위하난이 만일 더듸면 틱자를 구치 못홀지라. 늬 널로 더부러 갓치 죽그리라."

하니, 그 마리 귀를 기우려 듯다가, 눈을 부릅쓰고 굽을 모흐던이 만니 산쳔의 살갓치 힝흐니, 슌식간의 종남산의 이른이 나리 셕양이라. 즉노[776]를 헤아린이 삼쳔칠빅이라. 바라본이 동쳘이 장평 어귀의 말을 타고 쥬져하거날, 원슈 그졔야 마음을 녹코, 다른 길노 황성을 드러가 황졔게 뵈옵고 연유를 셰셰니 알외니, 상이 차경차희하사 원슈를 칭찬하시더라. 원슈 군사로 셩을 구지 즉희고, 닌하여 축지법을 거두고 남문 우의 포진[777]하고, 원슈

---

773) 萬里帝城毒刃趨 先張縮地戒神馬
774) 지키더라.
775) 이미.
776) 직로(直路). 곧은길.
777) 포진(布陣). 전쟁이나 경기 따위를 하기 위하여 진을 침.

좌긔하고 동쳘을 기다리던이,[778]

　아니요. 동쳘이 이르러 문을 찍치고자 하거날, 원슈

117쪽

　크게 호령ᄒ여 왈,

　"무지ᄒ 동쳘으. 명국 ᄃᆡ원슈 왕능이 ᄯᅩ 여긔 잇거던, 네 당도리 황셩을 범하난다."

　소ᄅᆡ를 병역갓치 지른니, 동쳘이 눈을 드러 보다가, ᄃᆡ경실식하여 급피 말을 도로혀 황산을 향ᄒ여 도망ᄒ난지라. 원슈 황제게 하즉하여 왈,

　"젹장 동쳘은 구리 임마요 무쇠 몸이라. 임의로 범치 못하옵고 다른 못칙을 쏨며 두고 왓사오니, 소장이 밧비 동쳘을 조차 잡아 쥬기고 반젹 조학을 사로잡아 폐하게 밧치린니다."

한ᄃᆡ, 상이 허락하신이, 원슈 용총을 타고 동쳘을 좃차 간니, 동쳘이 발셔 원쥬역의 말마[779]하고 금산을 지나넌지라.

　원슈 짐즛 몸을 감초와 그 뒤를 ᄯᅡ르다가 슈일만의 동쳘이 ᄐᆡ평노를 당하니, 셜용ᄐᆡ 복병[780]을 발하여 길을 막고 엄살하니, 동쳘리 ᄃᆡ로하여 장창을 들고 용ᄐᆡ를 치랴하거날, 원슈 소ᄅᆡ를 지르며 달여든니, 동쳘이 원슈로 더

118쪽

부러 이십여 합을 싸오던니, 원슈 칼을 날여 동쳘의 귀 하나를 ᄯᅩ 친이 ᄯᅥ러지난지라. 동쳐리 황겁[781]하여 남도로 향하여 도망하거날, 원슈 조차[782] 드

---

778) 필사 과정에서 내용이 결락된 부분.
779) 말마(秣馬). 말에게 먹이를 주는 일. 또는 말의 먹이.
780) 복병(伏兵). 적을 기습하기 위하여 적이 지날 만한 길목에 군사를 숨김. 또는 그 군사.

러가던니, 동처리 팅자곡 상봉의 이르러 의심하고 남으로 향코자 ᄒ거날, 밍겸이 급피 닉다라 길을 막고 복병으로 하여금 사방으로 돌을 던져 비오덧하니 동쳘이 마을 머물고 쥬져하거날, 원슈 크게 호령하며 달어드니 동쳘리 되경하여 말을 두루혀 팅자곡으로 드러가난지라. 원슈 거짓 쫏난체 하고 상봉의 올나 바라보니 팅자곡 복병이 방포일셩783)의 십이곡 불이 일시의 이러나 황광이784) 츙쳔한지라. 동쳘리 비록 무쇠 몸이나 웃지 불의 녹지 아니하리요. 문득 바라보니 셔딕로셔 한쎄 구름이 이러나며 한 줄기 소닉기 쑤리더니, 한 사람이 머리의 황건을 쓰고 몸의 도복을 입고 좌편은 빅운션을 들

119쪽

고 한 손의 쳘장을 쥐고 빅운얼 의지하여, 동쳘을 불너 두어 말을 이르고 눈섭을 쯩기며 쳘장785)으로 동쳘을 밀치니 동쳘이 눈물을 씨스며 셔으로 향하니, 도싀 한슘지으고 구름을 헛쳐 갓곳 업더라. 이난 구봉산 셩황 도사라. 차마 동쳘을 죽게 두지 못하여 일시 구한 비라. 원슈 도사의 명감을 츙찬하고, 닌ᄒᆞ여 밍겸을 다리고 팅자곡으로 나려오니, 비록 불은 쩌졋쓰니 쌍이 타셔 발을 붓치지 못할지라. 본진으로 도라와 합진하고, 딕년을 비셜하고 군사를 호귀786)하고 틱평가 소릭 진동하더라.

　　🔲 됴학이 동쳘을 보닉고 도라오기를 날노 기다리던이, 문득 쳬탐이 보하되,

　　"왕원슈 이리이리 하여 동쳘을 모라 팅자곡의 넉코 불을 노와 쥬겻다 하

---

781) 황겁(惶怯). 겁이 나서 얼떨떨함.
782) 쫓아서.
783) 방포일셩(放砲一聲). 군중(軍中)의 호령으로 포나 총을 쏘는 소리.
784) 화광(火光)이. 화염(火焰)의 의미.
785) 쳘장(鐵杖). 쇠로 만든 막대기나 지팡이.
786) 호궤(犒饋). 군사들에게 음식을 주어 위로함.

던이다."

됴학이 디경실식하여 왈,

"하나리 무니 여긴이 웃지 흐리요. 이제 누를 의지흐여 완국을 보존

120쪽

할고."

하며 좌불안석[787]하더라. 원슈 조결노 하여금 티후를 뫼셔 먼져 황셩으로 가시게흐니, 조거리 원슈의 쯧을 알고 즉시 티후를 뫼셔 황셩으로 향하니라.

잇튼날 원슈 디군을 거나려 적진을 두르고 좌우로 엄살하니, 동의난 셜용 티요, 남의난 밍겸이요, 셔의난 울지봉이요, 북의난 밍운이라. 원슈 장디의 놉히 안고, 졔장의게 분부하여 왈,

"군사난 죄업시니 일닌도 상치말고 져의 손으로 조학을 결박하여 드리라."

하니, 적진 장조리 원슈의 분부를 듯고, 덕틱을 치하하며 일시의 달여드러 조학을 결박하여 원슈 장디의 나닙[788]하거날, 원슈 디강 슈죄하여 왈,

"너난 일국 정승이라. 식녹이 만종[789]이요, 작위가 만닌지상[790]이여날, 무어시 부족하여 외람한 쯧을 두어 나라를 빅반한니, 그 죄 살지무석이라."

하니, 조학이 다만 고두사죄 쑨이요, 한 말도 감이 못하더라. 원슈

---

787) 좌불안석(坐不安席). 앉아도 자리가 편안하지 않다는 뜻으로, 마음이 불안하거나 걱정스러워서 한군데에 가만히 앉아 있지 못하고 안절부절못하는 모양을 이르는 말.
788) 나입(拿入). 죄인을 법정으로 잡아들임.
789) 만종(萬種). 온갖 가지.
790) 만인지상(萬人之上). 예전에, 정승의 지위를 이르던 말.

제장의게 분부하여, 조학을 슈리의 싯고 승젼 쳡셔를 황게 올이이라.

잇씨 조거리 틱후를 궐닉로 모신이, 틱자 붓들고 통곡하신이, 틱후 틱자를 안고 딕셩통곡 왈,

"팔셰의 이별ᄒ고 소식이 막년ᄒ여 사싱을 몰나 쥬야 염여하던니, 하날리 살피스 딕명 사즉을 회복하고 오날날 모자 상봉하니, 니난 종묘[791]가 도으사 쳔고의 읏지 이러한 일이 잇스리요."

황제 우름을 굿치고 젼후 고싱하던 말을 낫낫치 하시니, 틱후 여러 츙신을 몬닉 칭찬ᄒ시고 가라사딕,

"나도 조거리 아니면 발셔 사싱을 아지 못하엿슬지라."

하신딕, 틱자 조걸을 못닉 칭찬하시더라.

이윽고 원슈의 승젼 쳡셔 드러오거날, 상이 깃부신 비슬 씌시고 친이 기틱하여 보시니 하엿스되,

'딕명 딕원슈 겸 흥녹틱후 츙훈 졀도사 신 왕능은 돈슈빅빅하읍고 승젼 쳡셔를 황제 젼의 올이나니, 모월 모일의 도적을 쳐 파ᄒ읍고 역

젹 조학을 군즁의 엄습하읍고, 쳡셔를 먼져 올이온니 복걸 폐하난 근심을 더으시읍소셔.'

하엿더라. 상이 보시고 원슈를 칭찬하시며 밧비 상봉하시기를 원하시더라.

각셜 원슈 딕군을 거나려 승젼고를 울이며 여러날만의 황셩의 이른니, 상이 친이 원슈를 마즈실 식, 용봉 긔치[792]며 황옥 좌둑[793]을 좌우의 느러

---

791) 종묘(宗廟). 조선 시대에, 역대 임금과 왕비의 위패를 모시던 왕실의 사당.

792) 용(龍)과 봉(鳳)이 그려진 깃발.

793) 좌독기(坐纛旗). 조선 시대에, 행진할 때는 주장(主將)의 뒤에 세우고, 멈출 때는 장대(將臺) 앞 왼편에 세우던 군기(軍旗). 검은 바탕의 사각기로 가운데

세우고, 양산794) 부월795)은 날빗츨 가리오고, 좌우 시신796)과 일딘 나조리797) 상을 옹위하고, 츈풍어로의 원슈를 마즈신이, 원슈 말게나려 장읍불비798)하니, 상이 원슈의 위풍을 칭찬하시고, 친이 나아가 원슈의 손을 잡고 가라사딕,

"짐이 무덕ᄒ여 임의 기우러진 사즉을 경의 츙절노 회복하엿슨이, 쳔츄만딕의 그 공을 읏지 다 갑흐리요."

하시며, 용안의 혹 눈물도 나리오시고, 만만치ᄒᄒ오신이 보난 직 아니 비창ᄒ난 니 읍더라. 원슈 딕 왈,

"이난 션황의 덕이읍고

123쪽

페하의 큰복이여날 읏지 신의 공이라 ᄒ오릿가."

상이 드르시고 더욱 긔특이 여기시더라. 상이 원슈로 더부러 환궁하신 후, 잇튼날 상이 황극젼의 즌좌하시고 조학을 나닙ᄒ여 슈죄하실 시, 상이 원슈의게 미르나, 원슈 돈슈 왈,

"페하 살피시건딕 조학의 아오 조걸은 국가의 졔일 공신이라. 맛당이 벼살을 막기실진딕 공후799)의 나지 아니하올지라. 비록 조학이 국유800)를 면치 못할터니오나, 그 아오로 즁님을 막기시온 즉, 동긔지졍은 차마 못하읍

에 양의(兩儀)와 사상(四象)을 나타낸 태극(太極)을 중심으로 낙서(洛書)와 후천 팔괘(後天八卦)가 주위에 그려져 있다.
794) 양산(陽繖). 햇볕을 가리는 데 사용하던 의장. 가에 늘어지도록 둘러친 헝겊이 3층으로 되어 있고, 중간은 긴 자루로 받침.
795) 부월(斧鉞). 출정하는 대장에게 통솔권의 상징으로 임금이 손수 주던 작은 도끼와 큰 도끼.
796) 시신(侍臣). 근신(近臣). 임금을 가까이에서 모시던 신하.
797) 한 무리의 나졸들이.
798) 장읍불배(長揖不拜). 길게 읍만 하고 절하지 아니함.
799) 공후(公侯). 봉건 시대에 군주가 내려 준 땅을 다스리던 사람.
800) 국률(國律). 나라의 율법.

고 군신지의에 게면치 아니하오리가. 이런 고로 신의 소견의난 조학을 용서
흐오셔 츙신 조걸을 위하심이 가할가 하나이다. 만일 이갓치 하오시면 후세
의 혹 신을 시비할 쓰 하오니, 복원 폐하난 살피소셔."
한딕, 조거리 이 말을 듯고 면관돈슈[801] 왈,
  "국법이 불명하오면 만민이 밋지 아니하옵나니, 형의 딕역부도를 웃지
용셔

124쪽

  하오릿가. 급히 버히시고 신이 비록 공이 잇다 하와도 형의 죄로 삭하시
오미 국법의 당년하와이다."
하니, 잇썩 틱후 조걸의 말을 드르시고 하교하시되,
  "조거른 억만셰라도 츙절을 유젼[802]할지라. 국법이 비록 지즁할지라도
원슈의 마리 극히 가하니 그딕로 쳐결하라."
하신이라. 상이 틱후의 명을 좃차 형쥬를 기명하여 션악관이라 하고, 조걸
노 션악후를 봉하여 그 공을 표하시고, 조학은 셔닌[803]의 나려 자쳐[804]하게
하시다.
  이날 공신을 차차 봉하실 식, 딕원슈 왕능으로 년왕을 봉하시고 식녹을
더흐여 공을 표하시고, 원슈의 붓친 왕공으로 틱상을 봉하시고, 부닌 소씨
로 졍열틱비를 봉하시고, 위국공으로 위왕을 봉하시고, 졔갈현으로 좌승상
을 하이시고, 빅슈문으로 졔왕을 봉하시고 호를 즁부라 하시며, 틱후 별
틱[805]하여 은자 빅만을 쥬어 공을 표하시고,

환자 육긔로 호위후를 봉하시고, 셔게슉으로 쵹군을 봉하시고, 고응으로 션능병도사를 졍하시고, 그 남은 공신은 별노이 의논하여 차차 봉하시고, 빅만의 신쳬를 왕예로[806] 안장하시고, 츈츄로 졔문지어 졔 지늬게 하시고, 쳘비를 셰워 빅만의 츙졀을 삭여 쳔츄의 젼하게 하시다.

이날 틱년을 비셜하시고 군사를 호궤하실 시, 은자 오빙양식 상사[807]하오시고, 몸이 맛도록[808] 시역[809]을 업게 하신듸, 모든 군시 쥬육을 포식하고, 상급을 바다들고, 츔츄며 만셰를 부르며, 각각 훗테져 고향으로 도라가니라.

상이 년왕을 불너 왈,

"경의 부모 말이 박게 잇셔 웃지 궁금지 아니하리요. 급피 맛게 하라."

하시이, 년왕이 부복 쥬 왈,

"쵹군은 기리 험한지라. 신이 맛당이 황후를 뫼신 후 부모를 마즐가 하나이다."

한듸, 틱후 하고 왈,

"원노의 웃지 그리하리요. 졔신으로 함끠

하라."

하시이, 년왕이 명을 밧자와 제갈현과 고응과 지봉 등으로 셔쵹의 보늬여 황후를 맛게 하시다.

각셜 소부닌과 왕공이 아자를 젼장의 보늬고 날노 소식을 기다리던이,

---

806) 왕에 대한 예법으로. 혹은 왕을 장례지내는 예법으로.
807) 상사(賞賜). 칭찬하여 상으로 물품을 내려 줌.
808) 죽을 때까지.
809) 세역(歲役). 해마다 일정하게 실시되는 부역(賦役).

일일은 딕사 불젼의 분향하고 도라오실 싀, 희싁이 만면하시거날, 부닌이
고니하여 무르신딕, 딕사 왈,

"걸쥬810) 망하고 셩탕811)이 잇슨이 웃지 조흔 시져리 안니며, 미구의 공
지 딕장군 닌슈와 지존 즉쳡을 가지고 님하린이, 웃지 부닌을 딕흥여 희싁
이 읍사오리가."

부닌이 가장 깃거 동구의 나가 바라던이, 일일은 션문관이 년왕의 명을
바다 왕공게 연유를 알외니, 붓체 깃거하난 양은 보난 직 뉘 안니 흠션812)하
여 안니리요. 나리 당하믹 동구박게 여러 군마 오거날, 자셰보니 원슈 금안
용총의 놉피 안고, 좌우 나조리 옹위흥여 산문의 딥혓더라. 년왕이 말을
나려 왕공 양위813)게 뵈온딕, 부닌과 왕공이 비록 자식이나 위의

127쪽

엄슉하고 힝싁이 위름814)하니, 반가온 마음이 도로혀 어린 듯 취한 듯
정신을 진정치 못하시더라. 왕이 문후815)하고 딕사게 직비한딕, 딕사 왕의
손을 잡고 가로딕,

"딕장부 셰상의 당당이 이러할시라. 십십셰의 비로소 도를 갈앗쳐 즌장
의 보닉엿쓰나 혹 실슈할가 염여하엿던이, 이졔 시졀을 평정하고 영화로
도라오니, 긔이하도다 쳔하 영웅이로다."

하며 몬닉 층찬하더라. 년왕이 부친게 틱상왕 즉쳡816)을 올이고, 못친게

---

810) 걸쥬(桀紂). 중국 하나라의 걸왕(桀王)과 은나라의 주왕(紂王)을 아울러 이르
는 말로, 천하의 폭군을 비유적으로 이르는 말.
811) 셩탕(成湯). 탕왕(湯王, ?~?). 중국 은나라의 초대 왕. 원래 이름은 이(履) 또는
대을(大乙). 박(亳)에 도읍을 정하고 국호를 상(商)이라 칭하였으며, 제도와 전
례(典禮)를 정비.
812) 흠션(欽羨). 우러러 공경하고 부러워함.
813) 양위(兩位). 양위분. 부모나 부모처럼 섬기는 사람의 내외분.
814) 위름(危懍). 몹시 두려워함.
815) 문후(問候). 웃어른의 안부를 물음.

정열퇴부닌 즉첩을 올이시니, 퇴상왕이 의관을 졍졔하시고 북향사비 하시더라.

잇튼날, 연왕이 불젼의 나아가 사비 하오시고, 은자 빅만금을 훗터 졀을 즁슈하게 하시고, 쏘 은자 빅만을 드려 급탑을 모으고, 퇴상왕 양위의 극진하오신 졍을 표하여 후셰의 젼케 하신뒤,

일이은 뒤사 누817)의 안자 년왕을 쳥하시거날, 년왕이 드러가니 뒤사 엇더한 사람 슈닌으로818) 더부

128쪽

러 말삼하거날, 자셰 보온니 좌편은 울지덕이요, 우편은 빅운산 노옹니여날, 왕이 뒤경ㅎ여 예를 드리고 문 왈,

"존공이 이곳의 님하실 쥴 웃지 쯧하여사오리가. 왕고819)하신 일은 실노 씨닷지 못하오니다."

뒤사 왈,

"그뒤 신금은 빅운산 즉힌 거복이라, 셰존이 조화을 부려 그뒤를 쥬신 바요, 동희용초은 늬 스사로 쳔거함이 그뒤를 쥰 바요, 갑오슨 울지덕이 언신갑이라, 쳔ㅎ의 큰 보비여늘 셰존이 분부하여 그뒤를 빌이신 바요. 그뒤 이 셰가지 보비로 뒤명을 회복하고 큰 일홈을 으더스니, 니졔난 두어 쓸뒤업슨이 각각 님자를 막기라."

하거날, 왕이 고두사은820)하고 용총과 갑옷과 신금을 올이니, 뒤사 이러나 경문821) 두어 귀를 외오던이, 동남으로 풍운이 이러나며 용총이 변ㅎ여 쳥

---

816) 직첩(職牒). 조정에서 내리는 벼슬아치의 임명장.
817) 누(樓). 누각(樓閣). 사방을 바라볼 수 있도록 문과 벽이 없이 다락처럼 높이
   지은 집.
818) 수인(數人)과. 두서너 사람과.
819) 왕고(枉顧). 왕림(枉臨). 남이 자기 있는 곳으로 찾아옴을 높여 이르는 말.
820) 고두사은(叩頭謝恩). 머리를 조아리며 은혜에 감사함.

용이 되여 동히로 향하고, 쏘 신금이 변하여 거북이 되니 노웅이 어긔[822]하고 남으로 햐(하)고, 쏘 엄신갑은 울지덕이 팔의

129쪽

걸고 두어 거름의 갓곳 업더라. 듸시 부닌 압희 나아와 희희탄식[823]하시고 육한장 드러 빅운을 가르쳐 왈,

"모년 모월 모일의 부닌을 져 빅운 간의셔 뵈오리라."

하고, 바람을 어긔하여 공즁을 향하시더라. 부닌과 틱상왕니며 년왕이 공즁을 향ᄒ여 무슈이 송덕하시더라.

잇튼날 길을 쩌날 시, 틱승왕 양위 교자를 타시고, 시여 좌우로 옹위하고, 시비 노졈니 교자를 타고 압희 셰우고, 년왕은 년[824]을 타고 뒤의 뫼시니, 젼후 풍악은 츈풍의 낭자하고, 시비 물식은 두견화 만발하엿더라. 여러날만의 황셩의 이르니, 틱상왕 양위 고국산쳔을 다시 보니 눈물리 스사로 흐르더라. 황셩 만민이 구경하며 셔로 일너 왈,

"틱슈 구양가신 후 부닌이 잉틱하시고, 시비 노졈으로 한번니 나가시민 종젹을 모로던이, 이졔 저러타 영화도 고향의 도라오시니 웃지 희한한 일이 아니리요."

층찬하넌 소릭

---

821) 경문(經文). 고사를 지내거나 푸닥거리할 때 외는 주문. 또는 불경의 문구.

822) 어거(馭車). 수레를 메운 소나 말을 부리어 모는 일.

823) 허허탄식(歔歔歎息). 몹시 탄식함.

824) 연(輦). 임금이 거둥할 때 타고 다니던 가마. 옥개(屋蓋)에 붉은 칠을 하고 황금으로 장식하였으며, 둥근기둥 네 개로 작은 집을 지어 올려놓고 사방에 붉은 난간을 달음.

원근의 요란한지라. 티상 양위와 년왕니 션향825)의 소분826)하고, 듸년을 비셜ᄒ여 황셩 만민과 원근 고구827)를 쳥하여 슈일 질기고 기를 쩌나니, 슈일만의 님쳔의 이르러 사람을 자안동의 보늬여 학사듸의 소식을 탐지하니, 그 사람이 회보 왈,

"소학사 늬외분 츈츄 만사와828) 별셰하신지 팔년이 되엿ᄃ 하던이다."

부닌이 슬피 통곡하신이, 티상이 위로 왈,

"학사늬외 팔십이라. 다만 자식이 읍셔 후사829) 쓴너진이 가련하도다."

이날 자안동의 이르러 학사 늬외의 산소 소분하고, 년왕이 쳔금을 늬여 쥬며 왈,

"학사 산소를 착실 슈호하라."

동늬의 분부하시고, 길을 쩌나 황셩의 이른이 발셔 황후의 힝차 슈일젼의 드러오시. □□□□장이 임의 샷쳐830)를 졍하고, 티상 양위를 기다(리더라. 년)황이 황졔게 뵈온듸, 원노이 무사 득달함을 칭찬하시(다□□□) 년왕을 보시고 왈,

"경(이) 인

---

825) 선영(先塋). 조상의 무덤.
826) 소분(掃墳). 오랫동안 외지에서 벼슬하던 사람이 친부모의 산소에 가서 성묘하
   던 일.
827) 고구(故舊). 사귄 지 오래된 친구.
828) 춘추(春秋)가 많으시어.
829) 후사(後嗣). 대(代)를 잇는 자식.
830) 사처(私處). 개인이 사사로이 거처하는 곳.

사의 분쥬하여 방츈이 과한지라[831]. (위왕)의 쌀이 잇스니 방년이 심육셰라. 짐이 왕을 위호여 힝미[832](하고)자 하니 사양치 말나."

하신니, 왕이 부복 듸 왈,

"페하의 하교를 감이 사양하오릿가."

상이 깃거 위왕을 도라보시니 위왕도 깃거하더라. 즉시 틱길[833]하니 삼월 십오일리라. 틱후 하교 왈,

"위왕의 쌀은 황상과 이모간이라. 늬 막당이 공쥬를 궐늬의 드려 듸례[834]를 힝하리라."

하신이, 위왕이 명을 바다 공쥬를 궐늬로 다려온이라. 년왕이 물너 와 틱상 양위게 황명을 알외니, 틱상 양위 황은을 츅슈하시더라.

잇튼날 틱상왕이 탑젼[835]의 나아가 복지하오신이, 상이 좌우를 명호여,

"좌를 짐의 좌와 갓치하라."

하신듸, 틱상이 사양하시거날,

"틱상은 짐과 동품[836]이라. 웃지 사양하리요. 년왕의 츙졀노 사즉을 회복하이 그 공을 웃지 다 갑흐리요."

틱후 틱상 부닌을 쳥하시거날, 부닌이 드러

---

831) 젊은 시절이 지나갔다.
832) 행매(行媒). 중매를 섬. 또는 그런 사람.
833) 택일(擇日). 어떤 일을 치르거나 길을 떠나거나 할 때 운수가 좋은 날을 가려서 고름. 또는 그날.
834) 대례(大禮). 혼인을 치르는 큰 예식.
835) 탑전(榻前). 왕의 자리 앞.
836) 동품(同品). 같은 품계.

가 복지하온딕, 틱후 가라사딕,

"년왕의 츙절노 사즉을 회복하고, 부자 닉외 다시 상봉하여 부귀를 안향[837]하니, 그 공을 웃지 다 갑흐리요."

부닉이 복지 고 왈,

"이난 하나리 도으사 회복게 하심이라. 웃지 즈식의 공이라 하오리가."

틱후 못닉 층찬하사 종일 즐기시더라. 틱후 교셔[838] 나려 왈,

"년왕의 혼사난 실노 황상이 쥬장[839]하난이, 길일이 머지 □□□□□□ 졍의는 부닉이 궐닉의 유하라."

흑신딕, 부닉이 명을 □□□□□□□□□ 위왕 공쥬를 다리고 이르믹, 틱후 시여 □□□□□□□□□□ 가 지부실식 공쥬 화용틱[840]을 □□ □□□□□□□□□□□□ 이 당하니 연왕이 위이

* 여기서 이야기가 끝난다. 마지막 장의 약 1/3 정도가 훼손되어 이후 부분이 낙장된 듯하다. 이후의 이야기는 일반적인 고전소설의 결말부를 토대로 연왕이 결혼하고 자손이 번창하였다는 내용이 이어질 것으로 추정할 수 있다.

尙州郡 化東面 陽地[841]

---

837) 안향(安享). 하늘이 준 복을 평안하게 누림.
838) 교서(敎書). 왕이 신하, 백성, 관청 등에 내리던 문서.
839) 주장(主掌). 어떤 일을 책임지고 맡음. 또는 그런 사람.
840) 화용월태(花容月態). 아름다운 여인의 얼굴과 맵시를 이르는 말.
841) 이 책의 筆寫地 또는 책 소유주의 주소.

노영근

국민대학교에서 구비문학을 전공하였다.
"이야기문학에 나타난 가족탐색 연구"로 박사학위를 취득
하였으며, 안양대, 경기대, 한신대 등에서 강의하였다. 현
재 국민대학교 국어국문학과 전임강사로 있으며, 현지조
사를 비롯한 이야기 자료의 수집과 정리에 관심을 두고
있다.

왕능젼

초판 인쇄 2010년 2월 10일
초판 발행 2010년 2월 22일

주 해 노영근
펴낸이 박찬익
편집책임 이영희
책임편집 이기남

펴낸곳 도서출판 **박이정**
주 소 서울시 동대문구 용두동 129-162
전 화 02)922-1192~3
전 송 02)928-4683
홈페이지 www.pjbook.com
이메일 pijbook@naver.com
온라인 국민 729-21-0137-159
등 록 1991년 3월 12일 제1-1182호

ISBN 978-89-6292-091-8 (세트)
      978-89-6292-095-6 (94810)